有川浩

旅貓日記

旅猫リポート

・最萌旅伴插畫版・

許金玉一譯

Contents

Pre-Report

啟程之前

吾是貓，尚無名[1]。——聽說這個國家裡有隻偉大的貓這麼說過。

我不知道那隻貓有多麼了不起，但單憑我有名字這一點，我就贏過了那隻不可一世的貓。

不過，我喜不喜歡自己的名字又是另當別論。因為我得到的那個名字，與我的性別不搭到了極點。

我大約是在五年前得到了那個名字，當時正好成年。題外話，將貓的年齡換算成人類年齡的計算方式眾說紛紜，但一般都認為貓出生後一年，約莫就是人類的二十歲。

當時我很喜歡的睡覺場所，是某公寓停車場裡一輛銀色休旅車的引擎蓋。

至於為什麼喜歡那裡，是因為就算睡在那輛休旅車上，也不會遭受到「噓！噓！」這種屈辱的驅趕。不過是能夠直立行走的一種巨大猴子，人類這種生物真是傲慢得教人不敢苟同。

分明是他們把車子放在戶外，卻不允許貓踩上去，這種想法簡直莫名其妙。在貓看來，可以踩踏的地方明明就是公共場所。要是一不小心在引擎蓋留下了腳印，他們還會氣急敗壞地衝來驅趕。

總之，那輛銀色休旅車的引擎蓋是我中意的睡覺地點。我第一次迎來冬天，被太陽公公曬得暖洋洋的引擎蓋實在是無可挑剔的天然地暖地板，我總是在此午睡。

不久春天來到，我幸運地度過了一輪四季。貓如果能在春天出生，那是天大的福氣。貓戀愛的季節通常是春天和秋天兩次，但秋天出生的小貓幾乎都熬不過冬天。

當我蜷成一團躺在暖洋洋的引擎蓋上，忽然感受到一道熱切的視線。我微微睜開眼睛。一名高大清瘦的年輕男子正入迷地瞇起雙眼欣賞我的睡姿。

「你總是在這裡睡覺嗎？」

還好啦，有意見嗎？

「你真可愛耶。」

還好啦，常常有人這麼說。

「我可以摸你嗎？」

這我可敬謝不敏！我火速略微抬起前腳威嚇後，男子噘著嘴說：「小氣。」跟我抱怨也沒用，如果是你，睡覺的時候被人摸來摸去也會不高興吧？

「必須給點報酬才行嗎？」

哦，很懂得做人嘛。既然打擾了我的安眠，就必須給點補償才行。我輕巧地抬起頭

1. 編註：出自日本文豪夏目漱石的名著《我是貓》。

看向他，男子開始往提著的超商塑膠袋裡摸索。

「我沒有買什麼貓會吃的東西呢。」

什麼東西都可以，我是野貓，所以不會挑三揀四。那個條狀的洋芋片看來還不錯。我嗅了嗅從袋子裡露出一截的包裝，男子苦笑著輕拍了一下我的頭。「喂，喂，這是油炸食品喔。」

「對身體不好，所以你不能吃。而且這是超辣口味。」

對身體不好？我說你啊，以為不曉得明天會如何的野貓還有餘力注意身體健康嗎？現在這個當下，先填飽肚子才是最重要的。

最後男子從豬排三明治中抽出豬排，撕開麵衣後，放在掌心上遞給我。要我直接這樣吃嗎？就算你想靠這種方式縮短距離，我也不會上你的當——不過，實在很少有機會可以吃到這麼新鮮又大塊的肉，好吧，讓步一下也未嘗不可。

我狼吞虎嚥地吃著豬排時，有手指悄悄地從下巴滑向耳朵。是男子空著的右手。緊接著他輕輕搔抓耳後。給予我食物的人類，我會允許他們短暫摸我，但這個男子的動作真是熟練。

再多給我一點食物的話，讓你摸下巴也可以喔。我將腦袋蹭向男子的手——簡直不費吹灰之力。

「這下子根本是生菜三明治了嘛。」

男子苦笑著說，從兩人的豬排三明治中抽出最後一塊豬排，再撕開麵衣遞給我。其實保留麵衣也沒關係，那樣更能填飽肚子。

依他施捨的份量，讓他盡情摸個夠後，也差不多到歇息打烊的時間了。

我正想再次抬起前腳驅趕他時——

「下次再見啦。」

男子早一步抽開了手，起身離開，直接走上公寓樓梯。

啊喲，連時機也掌握得剛剛好。

這就是我們的初次邂逅。而這個男子為我取名，是不久之後的事了。

此後，每晚銀色休旅車底下都放有乾糧。後輪下方，正好是人類一手可以掌握，份量足以供應貓的一餐。

走上公寓樓梯的那個男子晚上都會出來放乾糧。我碰巧也在的時候，他會摸摸我做為交換，我不在的時候，他仍會恭謹地擺上食物。

有時會被其他貓先吃掉，有時可能是男子出了遠門，我等到早上也不見乾糧的蹤影，但大抵能安定地一天吃到一餐。不過，人類太反覆無常了，所以我不會完全依賴他們。野貓平常就會多加留意，在四處設置食物的供給來源。

不即不離的泛泛之交。就在我與男子的這種相處模式穩定下來時——大幅改變我們關係的命運降臨了。

命運對我非常殘酷。

半夜橫越馬路之際，車子的燈光突然打在我身上。我正想趕緊跑過，刺耳的喇叭聲卻響徹雲霄。這點十分糟糕。

我嚇得慢了一拍才往前衝。原本可以行有餘力地躲開，卻慢了半步遭到波及。「砰！」一陣強烈的衝擊將我撞飛——我完全搞不清楚發生了什麼事。

總之當我回過神，自己已經栽進路旁的樹叢裡。有生以來從未經歷過的劇痛充斥全身。但是，我還活著。

哎呀，還真是倒楣——試圖起身後，我尖叫一聲。好痛好痛好痛！右後腳痛得非比尋常！

我癱坐下來，扭過上半身想舔舐傷口時——天哪！骨頭跑出來了！

至今即便是咬傷、割傷這類有些嚴重的傷口，我都用自己的舌頭設法清理，但這下子有點困難了。腳上露出的骨頭帶著劇烈的疼痛，主張它的存在。用不著那麼極力主張！

怎麼辦？該怎麼辦才好？——誰啊。

誰來救救我這種話太可笑了。明明不會有半個人來幫助野貓。

但在那個當下，我卻想起了每晚向我進貢乾糧的那名男子。

我竟然心想如果是那傢伙，也許願意幫幫我。明明只是不即不離的關係，看在他施捨食物的分上讓他摸摸我而已，為什麼呢？

我拖著突出了骨頭的右後腳開始移動。僅是在地面上拖著腳，骨頭就痛得要命。途中我好幾次痛得站不起來。我不行了，撐不下去了，無法再移動半步了。

我並未離開那棟公寓太遠，但走到銀色休旅車前面時，天空已經開始泛白。

我不行了，撐不下去了，無法再移動半步了。這次是真的！

我竭盡全力放聲大叫。

好、痛、啊——————————！

我一再一再發出叫聲，最終連聲音也越變越小。連發出聲音也很痛，這我可沒騙人。

就在這時，有個人從公寓樓梯走了下來。抬頭一看，是那名男子。

「——果然是你嗎？」

男子臉色大變地跑向我。

「怎麼了？被車撞到了嗎？」

雖然很丟臉，但我有些太粗心了。

「很痛嗎？很痛吧？」

別問廢話，我要生氣囉。先關心受傷的貓啦。

「因為你的叫聲非常淒厲，我就醒過來了。——你在呼喚我吧？」

沒錯沒錯，叫了好多次。你動作有點慢喔。

「……你是心想如果是我，可以幫幫你吧。」

雖然我也不願意啦——還想裝模作樣時，男子不知怎的吸了吸鼻子。為什麼是你在哭？

「真了不起，竟然會想起我。」

貓不像人類會哭泣。但是——不知道為什麼，我好像可以明白哭泣的感覺。

在我覺得再也撐不下去時，我想起了你。心想來到這裡的話，你會幫幫我。

欸，你會幫助我吧？我全身痛得不得了。

痛得甚至讓我感到害怕。我會怎麼樣呢？

「好了好了，已經沒事了。」

男子將我放進鋪有鬆軟毛巾的紙箱裡，再讓我坐進銀色休旅車。

目的地是動物醫院。至於那裡是如何成為我一生的禁地，詳細經過就省略吧。因為多數動物都認為，醫院這種地方就是去過一次後、再也不想去第二次，所以囉哩囉嗦地說明我的情況也沒有任何意義。

在傷口痊癒前，我暫時借住在男子家中。男子的房間乾淨整潔，他一個人獨自生活。我的廁所設在浴室的更衣間裡，廚房裡放有我的飼料盆和水盆。

別看我這樣，我可是一隻頭腦聰明又彬彬有禮的貓，一次就記住了廁所的使用方式，絕對不會隨地大小便。就連磨爪子，也不會在男子說不行的地方磨。牆壁和柱子似乎會讓男子感到困擾，所以我決定利用家具和地毯磨爪子。因為男子並沒有說家具和地毯無論如何都不行（雖然起初他露出了有些難過的表情，但我是懂得察言觀色的貓，分辨得出一件事情是否絕對不行。而家具和地毯並非「絕對」不行）。
骨頭重新接上直至拆線大約花了兩個月吧。我在這段期間知道了男子的名字。
宮脇悟。
悟總是依當下的心情，隨意叫我「你」、「貓咪」或「小貓」等等。當然這是因為我沒有名字。
就算我有名字，悟不懂我的語言，我也無法告訴他。人類真是不方便呢，只懂得自己的語言。各位，你們知道嗎？其實在這方面，反而是動物精通更多語言。
每當我想出去，悟都會垂下眉毛、露出為難的表情說服我。
「你出去以後，可能不會再回來了吧？所以痊癒之前先忍耐一下吧。要是線一輩子都留在你腳裡，你也會很困擾吧？」
由於後來只要忍耐些許痛楚，就能照常走路，我並不覺得腳裡留有線會造成任何不便。但總之，因為悟露出了非常傷腦筋的表情，我也就忍耐了兩個月沒有散步。況且，就算拖著腳和敵對的貓吵架，那也很無趣。
不久，我的傷口完全痊癒了。
我在悟總是露出為難表情挽留我的玄關前發出叫聲，要他放我出去。至今辛苦你了，我非常感謝你的無私奉獻。
唯獨你，以後就算沒有施捨食物，我也讓你摸我吧。在那輛銀色休旅車上面。
那時，悟沒有露出為難的表情，而是難過的表情。和家具及地毯一樣，並非絕對不行，可是……就是這種表情。

「果然外面的世界比較好嗎？」

喂，喂，不要——露出那種欲哭無淚的表情啦。會害我覺得要離開很寂寞。

「我還在想，你會不會成為我家的貓呢。」

坦白說，從來沒有這個選項。因為我是純粹的野貓，完全沒有想過自己會成為家貓。我早打算在傷口痊癒前麻煩你照顧，但傷口一好就離開。——不，這麼說不太對。是覺得非離開不可。

反正遲早要走，比起時機一到被趕出去，自己主動乾脆離開不是比較瀟灑嗎？貓就是這麼有個性的生物。

可以成為這戶人家的貓的話——那就早說嘛。

悟心不甘情不願地打開大門，我輕巧地鑽出門縫。然後回頭看向悟，「喵」地叫了一聲。——走吧。

以人類來說，悟理解貓語的直覺相當敏銳，似乎聽懂了我在說什麼。儘管有些遲疑，還是跟著我一起走。

那是月光明亮的夜晚，整個城市萬籟俱寂。

我跳上銀色休旅車的引擎蓋，對於自己已恢復的跳躍能力得意萬分。接著又跳下地面，不停打滾直到心滿意足為止。

車輛駛過附近時，我的尾巴倏然膨起。看來被車子撞飛後、骨頭跑出來的恐懼已在體內根深柢固。回過神時，我已經躲在悟的身後，悟看著我，憐愛地輕聲笑了。

在悟的陪伴下繞了鄰近一圈後，我再度回到公寓，在二樓的第一扇門前「喵」地叫了一聲。——快開門吧。

抬起頭，悟一臉泫然欲泣地露出笑容。

「你要回到這裡嗎？」

嗯，所以快點開門吧。

「你要成為我家的貓嗎？」

嗯，不過偶爾要出門散步喔。

就這樣，我成了悟的貓。

「我小時候養過一隻跟你一模一樣的貓喔。」

悟從壁櫥裡抽出相簿。

「你看。」

相簿裡全是某一隻貓的照片。我知道喔，會做這種事的人類就叫貓奴。

照片上的貓確實和我很像。整副身體幾乎是白色的，只有臉部和尾巴有顏色。臉上有兩個斑點，尾巴是黑色鉤子狀。

只有尾巴的鉤子方向和我相反，但臉上的斑點位置和我如出一轍。
「因為他額頭上是八字形的斑點，我就叫他小八。」
這命名方式還真隨便！他打算為我取什麼名字？我有些擔心起來。
要是他說小八的話，接下來就叫小九，那可怎麼辦才好？
「叫你奈奈[2]怎麼樣？」
哦哦，竟是意想不到的減法。真是出乎我的預料。
「看，你鉤子的方向和八相反，從上面看的話，很像是數字7呢。」
看來他是指尾巴。
不不不，可是，等一下。奈奈這個名字太像女生了吧？我可是雄糾糾、氣昂昂的公貓，你考慮過這個名字是否適合我嗎？
「奈奈很不錯呢。也是幸運數字七的意思，很吉利。」
聽我說話啦！我「喵」地叫了一聲，悟瞇起眼睛搔抓我的下巴。
「你也喜歡這個名字嗎？」
才不是！——啊，可是，邊摸下巴邊問我太犯規了。喉嚨不由自主發出了呼嚕聲。
「這樣啊，你也喜歡嗎？」
都說不是了～～～～！
結果悟沒有給我解開誤會的機會（因為那傢伙一直摸我嘛），我的名字就拍板定案為奈奈了。

「必須搬家了呢。」

現在住的公寓禁止飼養寵物，當初和房東商量時，似乎也是說只照顧到我的傷口痊癒。悟帶著我搬到了同個城市的另一處地方。竟然為了一隻貓特地搬家，身為貓的我這麼說好像不對，但我覺得悟果然是十足十的貓奴。

於是乎，我們的同居生活開始了。身為貓的室友，悟是無可挑剔的人類；身為人類的室友，我也是無可挑剔的貓。

這五年來，我們真的相處得非常融洽。

🐾

以貓而言，我已到了壯年時期，悟則是三十出頭。

「奈奈，對不起啊。」

悟過意不去地摸了摸我的頭。沒關係，沒關係，別放在心上。

「事情變成這樣，真的對不起。」

2. 編註：日文中數字「七」的發音為なな（Nana），也與女性的名字「奈奈」或「娜娜」同音。

別再說了。我是隻通情達理的貓嘛。

「我並不想丟下你的。」

人生就是無法順遂如意啊，雖然我是貓生。

縱然無法再與悟一起生活，我也不過是回到五年前的狀態罷了。只要當成骨頭從腳裡跑出來那時候，我治好了傷口便與你分道揚鑣的話，這也沒什麼。雖然有一小段空窗期，但明天起我仍能變回野貓。

我什麼也沒有失去。只是得到了奈奈這個名字，以及和悟生活的五年。

所以，別露出那麼困擾的表情。

貓會靜靜接受發生在自己身上的一切。

迄今唯一的例外，只有腳骨折時想起了悟而已。

「那麼，我們走吧。」

悟打開貓籠的蓋子，我聽話地走了進去。——和悟一起生活的這五年來，我一直是乖巧聽話的貓。連他帶我前往我視為一生禁地的醫院，我也絕對不會大吵大鬧，拒絕他把我塞進籠子裡。

好了，走吧。身為悟的室友，我是無可挑剔的貓，那麼身為悟的旅伴，我也該會是無可挑剔的旅貓。

悟提著裝有我的籠子，坐進了銀色休旅車。

Report-01

幸介

『好久不見。』

簡訊一開頭就是這句話。

寄件者是宮脇悟，小學時搬家離開的兒時玩伴。之後他又搬家了好幾次，但從來不曾中途音訊全無，即使現在都已過了三十歲，仍然不可思議地保持往來。就算中間空了好幾年，一見面又會彷彿昨天才剛見過般相談甚歡。他就是這種朋友。

『不好意思突然打擾，但你願意收養我的貓嗎？』

他說是自己非常疼愛的貓，但因為有非不得已的苦衷，無法再飼養，正在尋找新的飼主。

關於非不得已的苦衷，悟並沒有詳細說明。但如果自己願意收養，他會帶著貓前來會面。

簡訊還附了兩張照片。是一隻額頭上有八字形斑點的貓。「哇……」驚歎聲不禁脫口而出。

「跟小八長得一模一樣耶。」

照片上的貓和那天他們兩人一同撿到的貓很像。

瀏覽下一張照片，這次是尾巴的特寫。是形狀像7的黑色鉤狀尾巴。

他想起了有人說過，鉤狀尾巴的貓會用尾巴勾來好運。究竟是誰告訴他的呢？回溯記憶後，他忽然嘆一口氣。告訴他這件事的，就是已回娘家的妻子。他不曉得她何時才會從娘家回來。

他也已經隱約心裡有底，她可能從此不會再回來了。

如果我們家也有這種鉤狀尾巴的貓咪，情況是否就會不同呢——他沒頭沒腦地心想。假使有一隻這樣的貓在家裡走來走去，用他的鉤狀尾巴慢慢勾來微小幸福的話，也許他們會過得更加無憂無慮吧。——就算沒有孩子。

答應也未嘗不可吧，他心想道。照片上的貓是形似小八的漂亮貓咪，又有鉤狀尾巴，也好久沒見到悟了。

朋友問我願不願意收養他的貓，妳覺得呢？他寄了簡訊給妻子，她僅是回了「隨你高興」。雖然冷淡，但思及以往寄去的所有簡訊都是石沉大海，這個回應還算不錯。

結果我收養了朋友的貓，妳要不要回來看看他？如此引誘她的話，也許能夠說動愛貓的妻子。假使向她哭訴自己雖然收養了貓，但不懂得如何照顧，姑且不論丈夫，妻子搞不好會基於對貓的同情心而回來。

啊，可是老爸討厭貓，應該不行吧——他發現自己很自然地顧慮起父親的心情，嘖了一聲。

都怪他老是這樣，連妻子也嫌棄他。店已經交給他掌管了，沒必要還在意父親的臉色。

反作用下，對父親產生的抗拒也驅使了他，澤田幸介答應收養兒時玩伴的貓。

宮脇悟立即在隔週的休假日前來。坐上銀色休旅車，帶著他最心愛的貓。

聽見店門口傳來車輛引擎聲，幸介走出去，只見悟正將一路駛來的休旅車停進店裡的停車場。

「幸介，好久不見！」

悟停下轉動方向盤的手，從敞開著的駕駛座窗戶朝他猛力揮手。

「等等再聊，你先把車停好吧！」

幸介苦笑著催促他。暌違三年不見，悟還是一樣熱情。從小時候到現在一直都沒變。

「明明停在最旁邊那一格就好了，這裡不好停吧？」

屋簷下設有三格客用停車格，但悟將休旅車停進最靠近玄關的那一格。玄關這邊有倉庫和一些雜物，所以客人都是從空曠的角落依序停車。自家用車停在未鋪修的後院。

「可是，有客人來的話不方便吧？」

「今天是公休日，你忘了嗎？」

幸介承襲父業所經營的相片館是每週三公休。幸介本打算配合在公司上班的悟，安排六日其中一天休息，但悟表示是自己拜託他收養貓咪，那樣太不好意思了，於是配合了幸介的休假。

「啊，對喔。」悟抓著頭走下車，從後座提出貓籠。

「這就是奈奈？」

「對。我也寄了照片給你吧，因為他尾巴的形狀是7。我取的名字不錯吧？」

「哪裡不錯了，你的命名品味從以前就很隨便……像之前的小八也是。」

因為臉上有八字形斑點，就叫小八。

總之，幸介招呼悟走進起居室，本想拜見奈奈的尊容，但奈奈只是在籠子裡發出不高興的沉吟，遲遲不肯出來。就算探頭看向籠子內部，對著出口的也只有他的黑色鉤狀尾巴和白色屁股。

「奇怪了，你怎麼啦？奈奈？奈奈～？」

悟好一會兒用討好的聲音試圖取悅奈奈，最後宣告投降。

「抱歉，因為是陌生人家，他好像很緊張。我想時間久了就會冷靜下來吧……」

悟讓貓籠的蓋子打開著，兩人決定先敘敘舊。

「既然開車，你不能喝酒吧，要喝什麼？咖啡？還是紅茶？」

「啊，那麻煩給我咖啡。」

幸介泡了兩人份的咖啡端出來。悟接過杯子，狀似不經意地問：

「今天你太太不在嗎？」

剎那間幸介想搪塞帶過，但思索說詞時，間隔了不自然的空白，因此他想到一半便放棄。

「她回娘家一陣子了。」

「啊……」

悟露出難以形容的表情。抱歉，我不知道這是禁忌話題——就是這種表情。

「不過，呃……那你擅自決定收養貓沒關係嗎？你太太回來的時候，會不會因此吵架……」

「我老婆喜歡貓。收養了貓以後，搞不好還會被貓吸引回來。」

「但她說不定特別喜歡某幾種貓。」

「你寄了奈奈的照片給我吧。我轉寄給她後，她說隨我高興。」

「呃，這是代表沒關係嗎？」

「打從她回娘家以後，只有你的貓這件事她回了簡訊給我。」

搞不好會被貓吸引回來——雖然幸介是開玩笑，但實際上暗暗非常期待。

「而且她也不是回來以後，會把貓趕出去的那種女人；如果沒有回來，也只是我一個人照顧貓而已。不論結果如何都沒問題。」

「這樣啊。」悟也不再追問。現在輪到他發問了。

「言歸正傳，你為什麼不能再養貓了？」

「呃，這是……」

悟一臉為難地笑道，搔了搔頭。

「就是發生了一些事情，無法和奈奈一起生活了。」

幸介恍然大悟。悟明明是上班族，卻表示要配合自己週間休假的時候，他也覺得有些奇怪。

「你被裁員了嗎？」

「嗯，呃——總之就是無法一起生活了。」

悟吞吞吐吐，幸介也沒有打破沙鍋問到底。大概是不怎麼想說出來的事情吧。

「總之，我想必須先安頓好奈奈才行，準備一一拜託熟悉的朋友。」

「是喔，真是辛苦你了。」

幸介更是想收養了。畢竟這是助人的善行，對方又是悟。

「你自己沒問題嗎？那個——像是以後打算怎麼辦？」

「謝謝你的擔心，但只要有人願意收養奈奈，我就沒有問題。」

總覺得不能深入追究。「有我能幫上忙的地方儘管說」這種話，也許只是多管閒事。

「話說回來，我看到照片時真是嚇一大跳，跟小八一模一樣耶。」

「奈奈本尊更像喔。」

悟瞥了一眼放在身後的貓籠，但奈奈始終沒有出來的跡象。

「我第一次看到他的時候也大吃一驚，瞬間還以為是小八。」

明明不可能呢——悟開朗地一笑置之的模樣，讓幸介有些不忍。

「那之後小八怎麼樣了？」

「他在我高中的時候去世了。飼主聯絡了我，說是發生車禍。」

悟聽到這項消息更是痛苦吧。他是在哪塊土地上接獲這個消息呢？

「你要是通知我一聲就好了。」

身為認識同一隻貓的同伴，真希望至少能夠表示哀悼。悟肯定獨自一人思念著貓暗自哭泣吧。

「對不起，因為我當時實在太難過了。」

「呆子，幹嘛道歉。」

幸介佯裝要戳他，悟動作滑稽地傾斜身子躲開。

「時間真是稍縱即逝呢，彷彿昨天才和幸介一起撿到小八。你還記得嗎？」

竟然問他記不記得——「我怎麼可能忘記。」幸介苦笑說道，悟也難為情地嘿嘿笑了。

從澤田相片館附近走一段路，靠山沿著和緩的山坡是一整片住宅區。三十年前，那裡正是可稱作新興住宅的區域，猶如樣品屋的新落成屋和設計時髦的公寓櫛比鱗次。

悟一家人就住在當中的小戶型集合住宅裡。一家三口分別是悟和悟的父母。

小學二年級的時候，兩人開始上同一所游泳訓練班。幸介從小就有輕微的異位性皮膚炎，所以深信游泳會增強皮膚抵抗力一說的母親強迫他參加，但悟參加的理由不一樣。悟游泳的速度快到大家還謠傳他手心長了蹼，學校的老師於是建議讓悟正式學習游泳，他才會加入訓練班。

悟很頑皮，老是調皮搗蛋，一會兒趁著自由活動時間，像條山椒魚般在游泳池底部來回拍水前進，一會兒又從水底襲擊、嚇唬其他學生，所以訓練班的老師都對悟怒吼道：「你是河童嗎！」他的綽號因此立即變成「河童」。有時老師也會看自己的心情喊他「蹼小子」。

但一開始上課，悟便待在學生游泳速度都很快的高級水道，幸介則待在多數異位性皮膚炎學生隸屬的普通水道。

儘管悟平常又是河童又是蹼小子，但他快速划開水往前游的模樣非常帥氣。兩人感情雖好，但在這種時候，幸介會有些怨恨悟。還會心想，如果自己也像悟一樣就好了。

不過，只要一看到悟因為跳水時嬉鬧，結果額頭撞到了游泳池底部，那種羨慕的心情馬上就飛到九霄雲外去，理智也恢復清醒。

只是湊巧在那個時機點上，心中的指針偏向了憎恨的那一邊吧。

兩人開始上游泳訓練班以後，過了約莫兩年的初夏。

前往訓練班途中，幸介率先抵達平常總是約好碰頭的住宅區坡道下方。——所以，那個箱子是幸介先發現的。

住宅區的公布欄底下放著一個紙箱，紙箱發出了「喵喵」叫聲。幸介戰戰兢兢地打開略微闔起的蓋子——裡頭是兩團滿是胎毛的雪白毛球，身上幾處地方有著顯眼的三毛斑點。

幸介啞然失聲地看得入迷。多麼無助又軟綿綿的生物，小得甚至讓人不敢觸摸——

「哇啊，是貓咪！」

悟的聲音從頭頂上方傳來。

「怎麼會有貓咪？」

說著說著，悟在幸介身旁蹲下。

「他們被丟在這裡。」

「嗚哇，好可愛喔～」

兩人好一會兒都有所顧慮地以指尖撫摸鬆鬆軟軟的胎毛，最後悟說：

「……要抱抱看嗎？」

你有異位性皮膚炎，絕對不可以摸動物。母親從以前就千叮嚀萬囑咐的警告閃過腦海，但悟都摸了，幸介實在無法忍受自己只是看著。更何況，先發現的人是幸介。

幸介用雙手從下方捧起小貓，讓他蜷在自己的手心上。——好輕！

他甚至想永遠撫摸小貓，但游泳課要遲到了。「該走了。」「差不多該走了。」「真的該走了。」兩人依依不捨地起身。

決定回家路上再來看一次後，兩人飛也似的一路直奔游泳訓練班，最後只差幾秒就能及時趕到，被老師敲了一下腦門。

游泳課結束後，兩人再次飛也似的跑回住宅區的坡道下方。

公布欄底下依舊放有紙箱，但小貓變成了一隻。是有人撿走了吧。

被留下的那隻小貓，命運彷彿掌握在他們手上。是一隻額頭上三毛斑點形成八字的小貓，尾巴是黑色鉤狀。

兩人坐在紙箱旁，目不轉睛地注視著縮成圓圓一團、睡得香甜的小貓。——沒有一個小孩會不想帶著這麼小巧又毛絨絨的生物回家吧。

如果帶回家會怎麼樣呢？兩人都知道彼此正在腦海中飛快思索這件事。

我們家能不能養呢？媽媽大概會因為我有異位性皮膚炎而反對吧，爸爸又不太喜歡動物……

相對於不安因素較多的幸介，悟早一步下定決心。

「……我拜託媽媽看看吧。」

「太奸詐了！」

幸介瞬間如此指責。其實是幾次前的游泳課影響了他。因為幸介有些在意的女孩子看見在高級水道裡游泳的悟以後，低聲喃喃說道：「好帥喔。」（雖然現在回想起來，對方是說：「雖然是河童，但只有游泳的時候很帥呢。」這種讚美真不知該不該羨慕。）

悟游泳速度快，又沒有異位性皮膚炎，爸爸媽媽也很溫柔，如果他帶著貓咪回家，他們一定會答應他養貓。不僅在意的女孩子稱讚他很帥，如果連這種軟綿綿又毛茸茸的生物，他也能輕易得到手的話，這個世界未免太不公平了。

聽見自己被罵奸詐，悟就像突然被人揍了一拳似的驚慌失措。見到他不知如何是好的表情，幸介立即感到愧疚。

他最清楚自己單純只是遷怒。

「……因為，是我先找到他的啊。」

好不容易絞盡腦汁擠出藉口後，悟也老實得過頭地道歉：「對不起。」

「是小幸先發現的，所以是小幸的貓咪呢。」

幸介覺得遷怒的自己很可恥，只能生氣似的點一點頭。氣氛有些尷尬地道別後，他抱著裝有小貓的紙箱回家。

出乎意料地，母親並未特別反對。

「可能是學游泳的關係吧，你最近異位性皮膚炎很少復發，只要勤勞一點打掃，應該沒有問題吧。而且上次去伯父家時，你跟貓咪玩也沒事。」

這麼一說，母親近來也不再開口閉口都是異位性皮膚炎。也很少再去醫院報到。

最頑強的阻礙反而是父親。

「不行不行！怎麼能養貓！」

父親從一開始就是這種態度，完全沒得商量。

「要是他在家裡磨爪子，那該怎麼辦！況且養貓也得花錢！我經營相片館可不是為了養貓！」

母親也一同軟聲請求，但似乎更是惹得父親不高興。父親的態度益發堅決，還將幸介趕出家門，要他在晚飯前將貓丟回原來的地方。

幸介一面抽抽噎噎，一面抱著裝有小貓的紙箱走到住宅區的坡道下方。

把紙箱放回公布欄底下——他根本做不到。由於才剛尷尬道別，雖然有些退縮，但幸介還是走向了悟的家。

「我爸爸說不能養貓……」

一見悟出來，幸介一邊啜泣一邊好不容易才擠出這句話，悟點點頭：「我知道了。」

「交給我吧，我有個好主意！」

話一說完，悟就衝進屋裡。幸介心想，悟是要拜託阿姨讓貓咪留下來吧，於是待在原地等候，未料悟肩膀揹著上游泳課時使用的運動包走了出來。

「悟，你揹著運動包要去哪裡？等爸爸一回來，馬上就要吃飯了喔！」

「你們先吃吧！」

悟邊說邊在玄關穿上鞋子。

「因為我要和小幸離家出走一陣子！」

「什麼?!」

幸介第一次聽到向來高雅又溫柔的阿姨發出如此尖銳的叫聲。

「等等！悟，你在說什麼啊！」

阿姨似乎正在廚房裡炸天婦羅，儘管大驚失色，卻無法走到玄關，僅從廚房探出頭來，一臉慌張。

「小幸，這是怎麼回事?!」

把矛頭指向幸介，幸介也是一頭霧水。「什麼?!」他也同樣發出了驚愕的大叫聲。

「快走吧。」悟拉起幸介的手走出家門。

「前陣子我在學校的書裡看過，一個小男孩撿到小狗後，爸爸很生氣地要他把小狗丟回原本的地方，但主角實在捨不得丟掉，就離家出走了。結果半夜爸爸出來找他，說：『如果要養的話，你要自己好好照顧他！』最後就答應他了。」

悟有絲興奮地滔滔不絕說著故事大綱。

「小幸的情況也一樣，絕對可以順利成功！只是小狗變成了小貓而已！我也會助你一臂之力！」

姑且先不說小狗變成了小貓，但幸介覺得在有人幫忙這一點上，好像已經與書本內容相差很多。但離家出走的話，說不定爸爸也會稍微心軟，因此幸介有些受到慫恿。

就這樣決定離家出走後，兩人首先在便利商店買了貓食。向結帳人員表示想買小貓吃的食物後，頭髮染成紅色的年輕男店員為他們選了罐裝的糊狀貓食，說：「這個應該就可以了吧。」他外表雖然恐怖，意外地是個好人。

然後兩人在住宅區裡的公園吃晚餐。悟從家裡帶來了麵包和點心，兩人將就著吃，再為小貓打開貓罐頭。

「既然書裡寫半夜，我想至少要堅持到十二點才行吧。」

悟還設想周到地在行李裡放了鬧鐘。

「可是，那麼晚還不回家的話，我爸爸會不會非常生氣啊？」

幸介的父親在家門外和藹可親，在家裡頭卻是脾氣暴躁又易怒的頑固老爹。

「你在說什麼啊，這是為了貓咪吧！而且他最後一定會答應的，你放心吧！」

答應的人是書裡的爸爸吧？——但在悟難以抵擋的猛烈熱情下，幸介說不出口……他覺得自己的爸爸和書裡的角色相差很多，真的沒問題嗎？

在公園裡邊逗弄小貓邊消磨時間後，每當帶著小狗散步或是出來散心的阿姨看到他們，都會出聲叫住他們。

「哎呀，時間這麼晚了，你們兩個在做什麼？家裡的人會擔心唷。」

在這一帶，根本沒有人不認識他們。地點一開始就選錯了吧？幸介隱隱產生質疑，但悟好像不覺得有什麼問題。

「不用擔心，因為我們現在正離家出走！」

「啊喲，是嗎？那要早點回家喔～」

不對，這顯然跟正確的離家出走不一樣。幸介也不知道什麼是正確的離家出走，但總之，他可以肯定不是這樣。

終於到第五個阿姨出聲叫住他們後，幸介對悟的做法提出異議。

「悟，離家出走應該不是這樣。」

「咦？可是書上寫著，爸爸會來公園找你啊。」

「嗯，可是再這樣下去，大概沒有意義吧。」

離家出走的話，說不定爸爸也會稍微心軟；心軟之後，說不定就會答應讓他養貓——再這樣下去，絕對無法迎來這個結局。

「悟！」此時傳來了呼喚悟的聲音。轉頭一看，悟的母親正跑過來。

「已經很晚了，你也該回家了吧！小幸也是，你家裡的人很擔心你喔！」

怎麼會──悟直打冷顫。

「竟然這麼快就被找到了！」

「你以為他們會找不到嗎?!」

悟的想法反而更讓人吃驚。肯定是那些阿姨向他們搭話後，順路去悟家通風報信說：「您家的孩子現在還在公園裡頭玩呢。」

「媽媽，對不起！我們還不能被抓住！」

悟大叫：「小幸，快走！」然後抱起裝有小貓的紙箱拔腿就跑。如此一來，幸介也只能跟著他跑。總覺得悟的計畫越來越偏離原先的設定，但肯定還來得及修改。一定，大概。

就在甩掉悟的母親，兩人跑下住宅區的坡道時──

「給我站住！」

這記宛如雷鳴的怒吼由幸介的父親發出。也許已經來不及修改了。先低頭道歉比較好吧？當幸介如此心想時，悟大叫道：

「有敵人！」

是的，現在很顯然加進了多餘的要素。

「快逃啊！」

離家出走劇本的大綱完全亂了。新的大綱結局在哪裡？幸介現階段一點頭緒也沒有，只能追上信心十足地往前狂奔的悟。

彎過一個轉角後，暫且與有代謝症候群且運動量不足的父親拉開了距離，但兩人跑到了一覽無遺的大道上，根本無處藏身。

「小幸，這邊！」

悟衝進剛才買了貓罐頭的便利商店。店內零星幾個客人站著看書，一頭紅髮的那名店員意興闌珊地將商品擺到架上。

「有人在追我們，請讓我們躲起來！」

聽到小男孩用洪亮的嗓門，朝氣十足地喊出教人目瞪口呆的請求，店員一臉納悶地看向他們。

「被追上的話，他會被丟掉的！」

悟往店員遞出的紙箱開始發出警笛般的「嗚嗚」叫聲。是因為奔跑時紙箱被搖來晃去，小貓受驚了吧。

店員不發一語地默默望著紙箱，又不發一語地轉身走向店內。走了幾步後回過頭，僅抬起手輕輕朝他們勾了勾。

從店裡的門走進內場後，店員又引著他們走出後門。

「大哥哥，謝謝你！」

悟一個箭步衝出去，幸介也緊跟在後。已經分不清誰才是逃亡戲碼的主角了。

幸介轉身低頭致意後，店員依舊板著撲克臉，只是揮了揮手。

兩人就這樣四處逃竄，但小孩子的雙腳能夠移動的範圍，大夥都心知肚明。

最終兩人逃進了小學學校。悟策劃的奇異離家出走騷動已經傳遍了左鄰右舍，在大人們的追趕下，兩人闖進夜晚的學校。

他們撬開全校學生都知道的、無法關牢又沒有鎖緊的那扇窗戶，由此入侵校舍。大人不曉得該從何處進入校舍，在外頭左右徘徊。兩人斜眼看著這一幕，奔上通往樓上的階梯。

一鼓作氣跑到頂樓後，悟總算放下裝有小貓的紙箱。

「小貓沒事吧？我一直把紙箱搖來晃去的。」

打開完全沒了聲響的紙箱後，只見小貓緊緊挨在箱子的角落。幸介小心翼翼地伸手輕輕觸摸後——

喵嗚！

小貓以截至目前為止最大的音量叫了起來。

「不行啦，你安靜一點！」

兩人齊聲安撫小貓，但小貓根本不予理會。幸介和悟急得如熱鍋上的螞蟻。

「我聽到貓的叫聲了！」

「在頂樓！」

大人們開始在下方聚集。

「幸介，你還不適可而止！」

分外響亮的咆哮來自幸介的父親。從他的語氣聽來，一旦被捉住，肯定會落到頭部被敲到變形的下場。

幸介淚眼汪汪地責怪悟。

「根本一點也不順利嘛！悟這個大騙子！」

「不，還不能肯定！這時候要逆轉情勢——」

「怎麼可能嘛！」

這時，下頭又傳來了呼喊聲。

「悟，快點下來！」

看來悟的父親也加入了追捕的行列。

「可以從那邊的緊急逃生梯爬上去喔！」

不知是誰多管閒事給了建議，氣得七竅生煙的幸介父親好像爬了上來。

「完蛋了啦！」

幸介抱住腦袋，悟衝向頂樓的欄杆，猛然從欄杆探出身子。

「別過來——————！過來的話，我就跳下去喔————————！」

底下的大人們大驚失色地亂成一團。

「小幸他是這麼說的——————！」

咦咦——?!幸介才是最想放聲大叫的人。

「悟，你擅自胡說什麼啊！」

拉了拉悟的袖子後，悟露出無比燦爛的笑容，豎起大拇指說：「大逆轉！」他才不期望這種大逆轉。

然而，此舉似乎有效地遏止了幸介父親的腳步。

「悟，你說的是真的嗎?!」

悟的母親在底下大叫。悟也大聲喊回去：「真的真的！」

「他現在脫鞋子了！」

底下傳來了尖叫聲。「幸介，你不要衝動！」悟的父親大喊，幸介的父親則是吼道：「別開玩笑了！」由上往下看，也看得出他的頭頂正在冒煙。

「要任性也該有分寸，我現在馬上就過去，把你拖下來！」

「叔叔，不行啦！小幸的決心非常堅定！你過來的話，他就準備和貓咪一起跳下去喔！」

悟牽制住大人的行動，一臉認真地回頭看向幸介。

「小幸，你可以稍微跨過欄杆嗎？」

「我才辦不到！話說回來，請你不要擅自賭上我的性命！」

「可是，小幸想養小貓吧?!」

「我當然想養，可是……！」

貓是必須賭上性命才能飼養的寵物嗎？有哪裡不對勁，很明顯不對勁。

更何況，悟看過的離家出走故事裡，結局應該也不是和狗一起跳樓吧。

「話說回來！應該先問問看悟你家裡願不願意養貓吧?!」

咦？悟露出聽到青天霹靂消息般的呆愣表情。

「我可以收留小貓嗎?!」

「一般來說，在讓朋友和貓自殺之前，都會先考慮這個辦法吧?!」

「什麼嘛！可以這麼做的話，你要早點說啊！」

悟欣喜若狂地對著地面大喊：

「爸爸、媽媽！小幸希望由我們家養貓咪耶——！」

「我知道了！我們家可以養，你快點勸小幸打消輕生的念頭！」

看來在地面上，大人之間的誤會風波還沒有止息的跡象。

……悟，你以前真是少根筋的孩子耶。

悟與幸介的對話也悉數傳進了我固守的籠子裡，在其他地方，很難聽得到這些讓人很想挖苦的回憶呢。

「哎啊，走下頂樓之後，下場真是淒慘。」

「我記得幸介的爸爸狂敲我們兩個人的腦袋吧？隔天早上，我的頭腫得像大佛一樣。」

看來讓整個社區陷入大混亂才養到的那隻貓，就是我的上一任寵物，小八。

「對了，現在回想起來，小八是公的三毛貓吧？聽說三毛公貓非常稀有？」

哦，是這樣子嗎？那樣的話，斑點位置與小八一模一樣的我，也成了非常稀有的貓……

我興味盎然地豎起耳朵傾聽。「關於這點呢……」悟笑著如此起頭。

「我也問過獸醫了，但醫生說如果要判定為三毛貓，斑點的比例還不夠。」

「是喔。也對，除了額頭和尾巴外，全身都是白色的嘛。」

透過籠子的縫隙，可以看見幸介舉高雙手，抱著胳膊說：

「什麼嘛，我還心想如果是珍貴的三毛公貓，當初撿到小八的時候，也許能說服我老爸呢……這樣啊，但不管結果如何，應該都不行吧。」

接著幸介瞄向籠子的方向。我迅速別開臉，不與他四目相接。要是他一廂情願地以為我們合得來，那可就傷腦筋了。

「那奈奈呢？他的臉部跟小八一模一樣，但三毛的比例呢？」

「奈奈也不能判定為三毛貓，只是普通的雜種貓。」

不好意思啊，我是普通的雜種貓。我不高興地瞪向悟的後腦勺，悟接著又說：

「不過在我心目中，他是比三毛公貓還要有價值的貓喔。因為長得很像我生平養的第一隻愛貓，你不覺得這才是命中注定嗎？第一次見到奈奈的時候，我也有種預感，覺得他將來有天會成為我的愛貓。」

……我可不會高興喔。我知道你是故意說給我聽的。——啊，不過。

所以悟那時才會哭嗎？在我被車子撞了、回到悟住處的那時候。剛才說過，小八是因為車禍去世。聽起來，是在基於某些苦衷將小八送走之後。

在悟看來，是險些再次因為車禍而失去愛貓吧……

「小八是隻很乖的貓呢，真的很溫馴。」

幸介說，悟笑著回答。

「相對地不太擅長運動。」

聽兩人說，那隻貓一被人揪起後頸，腳會無力地往下垂。也就是無法捉老鼠的貓。

哈哈！真是沒出息。如果是捉得了老鼠的貓，腳就會緊緊縮起。
我？我當然是捉得到老鼠的貓。第一次捉到麻雀，還是我出生不到半年的時候。有翅膀的傢伙比四隻腳的還難捉哩。
「他追著狗尾草跑來跑去到最後，還會頭昏眼花呢。」
「因為小八是文靜型的貓嘛。」
「那奈奈在這方面表現如何？」
「他特別喜歡老鼠玩具喔。就是用兔毛製成的那種。」
慢著，這可不能聽聽就算。我什麼時候非常喜歡那隻教人恨得咬牙切齒的假老鼠了？
是因為味道跟真的老鼠有點像，一看到它被丟出去，我就忍不住追上去與它拚個你死我活，但不管我怎麼咬，都咬不出味道又不能吃，每當我恢復理智，當下的空虛感真是非筆墨能形容。
電視上偶爾會播一部動畫。就是武士用刀砍了無意義的東西以後，總會說「今天又砍了無聊的東西」那一部[3]。我的心情就和他差不多，可以說是「今天又追捕了無聊的東西」（題外話，悟好像喜歡那個快槍手）。

3. 編註：指著名漫畫《魯邦三世》裡的角色第十三代石川五右衛門，精通居合斬，愛刀為斬鐵劍。

真希望起碼在裡頭塞點雞胸肉。這類抱怨不能向寵物店投訴嗎？別老是只看飼主的臉色，偶爾也該回頭看看真正的顧客吧。你們真正的顧客是我們吧。

如果要宣洩這種未燃燒完全的精力，我的選擇是散步。但是，通常悟也會陪我一起散步，想要成功捕到獵物的話，得費盡一番辛苦。

因為每當我找到適合的獵物，悟一定會妨礙我。像是故意不小心製造聲響，或是做些大動作。我一瞪悟，他就會裝傻說「我什麼也沒有做喔」，但根本顯而易見，謝謝你喔。

當我氣鼓鼓地左右搖動尾巴，悟就一臉沒出息地向我辯解。

因為你在家裡已經吃了乾糧，用不著特地殺生吧。就算抓住了，奈奈也幾乎不吃啊。

笨蛋，笨蛋，笨蛋——！全天下凡是會呼吸的生物，天生都具有殺生的本能！就算推託說自己是素食主義者，那也只是因為殺害植物時聽不見慘叫聲而已！捕捉可以捉到的獵物，才是貓的正確本能！的確，有時我捉到了也不吃，但這是所謂的訓練！

真受不了，不再自己動手殺死食物的生物真是軟弱到不行。悟畢竟是人類，這方面無法互相理解吧。

「奈奈也很擅長狩獵嗎？」

「豈止擅長，還抓到了飛來陽台的鴿子呢。」

沒錯沒錯，誰教他們跑到別人的地盤撒野，還一臉狂妄自大。我才心想要讓他們知道我的厲害。悟好像眼泛淚光地說了：「為什麼不吃還要抓他們呢？」既然如此，散步的時候就不要妨礙我狩獵嘛。

而且悟也說過，洗好的衣服都沾到了鴿子糞便，讓你很苦惱吧。本來我還認為悟既開心，我也能狩獵，真是一石二鳥，結果卻是這樣……順便說，對於自那件事之後，不再有半隻鴿子靠近我們家的陽台，你還沒有對我說聲謝謝喔。

「當時真是傷透腦筋。如果只是麻雀或老鼠，我可以很快地埋在公寓的樹叢裡，但鴿子的大小就不能這樣處理了。最後我埋在公園裡頭，但在旁人眼裡，埋鴿子屍體的三十歲男人根本是可疑人物。」

「因為近來讓人反感的案件增加了不少。」

「對啊。每次有人經過，我都解釋說：『不好意思，是我家的貓……』但大家的視線感覺都很冰冷。偏偏那種時候，奈奈又不肯陪我一起去。」

是嗎？如果有這種苦衷，早知道我就陪你一起去了。可是，不說的悟也有不對，我不會道歉喔。

「奈奈和小八不一樣，充滿了野性呢。」

「不過，溫柔的個性倒是一模一樣。我意志消沉或無精打采的時候，他會一直陪在我身邊……」

……我可不會高興喔。

「偶爾我甚至會想，奈奈是不是聽得懂人類的語言。而且他也很聰明。」

我倒覺得擅自認定我們不懂語言的人類只是笨蛋而已。

「小八也很溫柔呢。每次我被老爸罵，跑去悟家的時候，他都一直躺在我的大腿上。」

「他看得出誰心情不好吧。我父母吵架的話，他總會黏著吵輸的那一方。連小孩子也看得出誰輸誰贏。小八一黏上去，我就心想：『啊，是這邊輸了呢。』」

「奈奈也會黏著輸的那一方嗎？」

「一定會吧。因為奈奈很溫柔。」

……這時沒有被幸介影響，跟著說「奈奈也很溫柔」，真是值得表揚。

小八似乎是隻很乖巧的貓，但如果一直開口閉口都是小八，我搞不好會心想既然死去的貓那麼好，乾脆我也消失不見吧。

「對不起喔。」

幸介冷不防低聲說。

「那時候我沒能收養小八。」

「那也沒辦法啊。」

悟的語氣中真的沒有一絲遺憾——但看起來，反倒是幸介心中充滿懊悔。

悟家願意收養小八後，幸介也等同是小八的半個飼主。

去悟家玩的時候，不但隨時都能和小八一起玩耍，悟不時也會帶著小八到幸介家玩。

起先，因為幸介的父親堅決不肯讓小八進入屋裡，他們便在車庫玩耍，但不久以後，母親讓他們進入自家的屋子，而非店面，久而久之父親也慢慢習慣。儘管會一直耳提面命，別讓小八在牆壁和家具上磨爪子，但偶爾父親經過時，也會看到他稍微逗弄小八。

雖然幸介很不甘心不能養小八，但很高興看到父親逗弄小八。感覺就像父親親近了自己喜歡的事物。

甚而還心想倘若又撿到小貓，這次說不定能留在自己家裡養。

因為在自己家裡有自己的貓，感覺特別不一樣。曾經在悟家過夜的時候，在他房裡並排著床墊睡覺，半夜因為輕輕踩過自己身上的四隻腳而醒過來。小八打橫走過了棉被上頭。

那種半夜貓咪輕輕踩過自己的重量，簡直是天大的幸福！

轉頭一看，小八在悟的胸膛上縮成一團準備睡覺。可能是覺得重吧，悟睡到一半就將小八移到旁邊——真好。如果是自己的貓，他可以半夜被貓輕輕踩過，和貓一起睡覺。

「我爸爸現在好像很喜歡小八，如果又撿到貓咪，下次會不會答應讓我養呢……」

「那很好哇！這樣一來，小八也能交到朋友。」

悟也很高興，往返游泳訓練班之際，都會察看是否又有放著小貓的紙箱。

但是，住宅區的公布欄底下不曾再出現放有小貓的紙箱。

當然，沒有任何不幸的小貓被人丟掉是件好事。更何況，就算再一次撿到貓咪，幸介的父親也不可能答應幸介養貓。

小八成為悟家一員後，兩年過去了。幸介和悟已是小學六年級生。

進入深秋後，有三天兩夜的京都校外教學。縱然每間神社看起來一模一樣，但光是和朋友一起在陌生的土地上過夜，就讓人開心得不得了。

如何分配平時根本想像不到的大筆零用錢買紀念品也是。雖然自己想買的東西有很多，但必須為家人買紀念品才行。大家都為如何分配預算而苦惱不已。

看見悟站在紀念品店的店門前，神色凝重地苦思煩惱，幸介叫住他：「怎麼了嗎？」

「嗯，我在猶豫要買哪一個。」

悟煩惱地站在五顏六色的吸油面紙區前。

「媽媽要我買某某屋的吸油面紙，但我忘記叫什麼名字了。」

「吸油面紙不都一樣嗎？」

但悟還是舉棋不定，因此幸介提議道：「不然之後再買媽媽的紀念品吧？」悟也乾脆點頭同意。

「那我先買爸爸的紀念品吧。」

「就這麼辦。那我也來買送給爸爸的紀念品吧。」

逛了幾間店後，幸介率先決定目標。是揹著寫有「生意興隆」旗子的招財貓鑰匙圈。也包含了小小的別有居心，希望父親能因此喜歡上貓。

「啊，那個真不錯！」

悟看見表情逗趣的招財貓，雙眼也為之一亮。

「不過，我家沒有開店，選生意興隆有點奇怪吧。」

「生意興隆之外，其他還有很多種喔。」

旗子上的文字，還有相當適合送給爸爸當紀念品的「健康第一」和「交通安全」。其他還有「闔家安全」，但看不太懂這是什麼意思。

最後，悟基於招財貓很像小八這個理由，選擇了「交通安全」。

到頭來，悟還是想不起媽媽要求的吸油面紙，說他隔天再找找看。隔天是行程第二天。

但是，翌日吃完午餐，悟就不見了。小組集合時，級任導師如此說明：「宮脇同學有事先回去了。」

「咦……宮脇同學真可憐。」

班上同學異口同聲地表示同情。難得的校外教學，竟然必須中途返家，眾人設身處地想像後都覺得非常可憐。

「澤田同學，你知道是什麼事嗎？」

幸介也什麼都沒有聽說。悟連交情最好的幸介也沒說一句話就回去了，一定是發生了很緊急的情況吧。

悟明明還沒能買到阿姨的吸油面紙呢。唯獨叔叔有紀念品，阿姨卻沒有，阿姨會很失望吧。

對了！幸介靈光一閃。

我代替悟買某某屋的吸油面紙吧。可是，要怎麼知道牌子？

煩惱的同時，參觀的地點是金閣寺。金碧輝煌的寺廟明顯有別於至今參觀過的古樸寺廟，非常與眾不同，「好華麗喔——！」學生們不禁大聲嚷嚷。真希望悟也能一起參觀。幸介心裡有些難過。

到了自由活動時間，幸介注意到班上的女同學在紀念品店裡興奮地吱吱喳喳。此時他又靈機一動。

問女孩子的話，她們應該知道吧？畢竟吸油面紙是女生用的東西。

「喂，喂。」

幸介叫住如吵鬧小鳥般絮絮不休的女生們，問道：

「妳們知道什麼是某某屋的吸油面紙嗎？那個牌子好像很有名。」

女生立即回答。

「是楊枝屋啦，楊枝屋。店就在對面喔。」

女生們現在正要去那裡，幸介於是要求一起同行。

最便宜的吸油面紙也要三百圓以上，考慮到零用錢的餘額，幸介有點退縮。

……可是，悟校外教學途中就回去了很可憐，他又是悟的好朋友。

比起不得不中途回家，悟一定更介意沒能買到阿姨的紀念品。只有幸介明白這一點。

雖然在男孩子眼中，他完全看不出來有什麼價值，但還是買了一包封面圖案像是圓頭小木偶人的吸油面紙。由於非常地薄，他忍不住擔心阿姨真的會開心嗎？但總之，這是本人的要求。

「澤田同學，你媽媽要你買楊枝屋的吸油面紙嗎？」

「不是的。是悟受他媽媽所託一直在找，但他沒能買到就回去了……」

「澤田同學人真好——！」於是女孩子們紛紛給予讚美。幸介的心情變得飄飄然。

「宮脇同學的媽媽絕對會很高興——！這間店很有名喔！」

這麼有名嗎？驚訝之餘，幸介鬆了口氣。既然如此，就算是薄薄一包，悟的媽媽肯定也會很開心。

早知道也買這個吸油面紙送給自己的母親當紀念品，但幸介前一天已經買好了。如果買兩份紀念品給母親，就會超出預算；而且如果唯獨母親有兩份紀念品，也可以預見到父親會滿臉不高興，所以他打消了念頭。

第三天，結束校外教學的所有行程，回到家時已是黃昏。

「我回來了！」

正打算拿出紀念品並講述旅行細節時，父親冷不防敲了下他的腦袋。

「別這麼悠悠哉哉地興奮嚷嚷！」

明明想拿出紀念品，卻被劈頭臭罵，未免太不講理了吧！從校外教學歸來的班上同學鐵定沒有半個人遭受到這種待遇。一思及此，幸介感到想哭。

緊接著母親一本正經地說：

「你馬上換衣服，我們要去悟家。」

「對了，悟中途就回來了。發生什麼事了？」

母親垂下眼睫思索說詞，但父親用生氣般的語調開門見山宣告：

「悟的父母歸天了。」

「歸天」這個說法讓他一時意會不過來，茫然發呆後，父親又補充道：「他們死了！」

恍然大悟的同時，幸介的雙眼失控般地湧出淚水。「別哭哭啼啼的！」父親又敲了他的頭，但他停不下來。

悟——悟、悟、悟、悟！怎麼會這樣——

校外教學啟程的前一天，幸介也去了悟家玩。跟小八玩耍的時候，阿姨還說：「明天就是校外教學了，早上還要早起，你該回家囉。」然後目送幸介離開，說：「你隨時都能和小八玩呀。」

校外教學結束後，只要去玩，阿姨在，叔叔也在。一如既往，本來隨時都見得到他們。

偏偏在校外教學途中被迫返家，突然沒了爸爸和媽媽的悟不知道有多麼難過。

「兩個人出了車禍。開車一起出門後，為了閃避衝出來的腳踏車……」

腳踏車是閃過了，兩人卻沒能得救。

「今天是守靈夜，我們去看看他吧。」

換上母親遞來的服裝，一家三口出了家門，但走到住宅區的坡道下方時，幸介發現自己忘了拿樣東西。

「那種東西下次再拿就好了！」

他向生氣的父親百般央求，又說：「你們先走沒關係！」僅要了家裡的鑰匙，一個人跑回家。父親朝著他奔跑的背影忿忿啐道：「真是沒用的傢伙！」

地點不在悟家，而是公民館。

穿著黑色衣服的阿姨們忙碌地東奔西走，悟一樣身穿黑衣，無所事事地坐在並排著兩具棺木的靈堂前。

「悟。」

出聲喚他後，他「嗯」地點點頭，看起來心不在焉。幸介也出聲叫了他，但不曉得該說什麼才好。

「這個給你。」

他從褲子口袋裡拿出薄薄的紙包。是在父親的怒罵下回去拿的東西。

「這是阿姨說的吸油面紙，叫作楊枝屋喔。」

於是，悟突然放聲號啕大哭。直到幸介再長大一點、學到了慟哭這兩個字時，他才心想，原來當時那就叫作慟哭。

一名身穿黑衣的女子跑了過來。她比四周的阿姨們年輕許多，說不定還比悟的媽媽年輕。見她向悟攀談、撫摸悟的後背，可知她是親戚。

「你是悟的朋友嗎？」

「嗯，是的。」幸介挺直腰桿。

「能麻煩你帶悟回家，讓他好好休息嗎？這孩子回來以後第一次哭。」

是我惹他哭的嗎？幸介感到坐立難安。因為悟的慟哭非常驚心動魄。但是，女子帶著哭紅的雙眼露出淡淡微笑。

「謝謝你。」

幸介拉著悟的手，帶他回到家裡。悟在半路上吐了好幾次，斷斷續續說話。

我沒能來得及送給爸爸護身符——雖然是交通安全的招財貓，但一點意義也沒有——我沒能買到媽媽的紀念品——謝謝你替我買回來——

因為是幸介，才聽得懂悟在說什麼。如果是其他人聽了，只會以為悟正嚎叫般地哭泣吧。

一走進屋裡，小八就待在玄關等著。他對哭泣聲宛如野獸的悟毫不畏懼，引領似的走向客廳。走到客廳的悟終於氣力耗盡，虛弱地癱坐下來。小八坐在悟的大腿上，一遍又一遍小心翼翼舔著悟放在自己身上的手。

撿到的時候還是小貓，但這時的小八看起來比悟還像大人。

喪禮期間，悟從頭到尾都在那名女子身旁站得筆直。其他也有似乎是親戚的人，但好像不是近親。

班上同學也前來上香。女生們都哭得抽抽答答，但悟沒有哭，一一向大家答禮。

幸介覺得悟真了不起。同時，也覺得悟跑到了有點遙遠的地方。如果幸介站在和悟相同的處境，即便是會朝著自己回家拿重要物品的背影痛罵沒用的父親，和母親雙雙去世的話，他肯定會哭得一塌糊塗，沒辦法像悟那麼堅強。

喪禮結束之後，悟也沒有來上學。幸介每天拿著學校發的講義送到悟家，和沉默寡言的悟一起逗弄小八，然後再回家。

那名女子一直住在悟家。看起來很年輕，原來是媽媽那邊的阿姨，聽說是歲數有些差距的姊妹。

以後悟會和這位阿姨一起住在這裡嗎？幸介如此心想，沒有講義的日子仍是往悟家跑。阿姨也記住了幸介的名字，會招呼他說：「幸介，歡迎你來。」跟開朗和煦的悟的媽媽不一樣，阿姨很文靜，幸介有種來到了陌生人家裡的錯覺。

某天，悟低聲喃喃說：

「我要搬家了。」

阿姨領養了悟，但她住的地方聽說很遠。

悟一直沒來上學，幸介早已隱約有這種預感，但實際聽到的時候，胸口還是彷彿破了大洞。

他知道就算任性地大喊不要，這也是無可奈何。幸介悶不吭聲地撫摸躺在悟大腿上的小八。小八今天也不停小心翼翼地舔著悟的手。

「可是，小八會和你一起搬過去吧？」

這樣的話，就不會太寂寞。即使在新的地方，悟也不是孤伶伶一個人。

但是，悟搖了搖頭。

「我不能帶小八一起去。因為阿姨的工作很常調動。」

悟也一樣做出了很清楚就算任性地大喊不要，這也是無可奈何的表情。——可是，這樣子太過分了。

「那小八呢？」

「有遠房親戚說願意收養。」

「悟和那個親戚很熟嗎？」

悟沉默地搖了搖頭——太過分了的心情高漲成為憤怒。小八竟然要被帶往悟不認識的人身邊。

明明小八這麼小心翼翼地舔著悟的手。

「我——我問問看我家能不能收養小八！」

至今，幸介也算是半個飼主。幸介收養小八的話，悟可以來幸介家。可以來看幸介和小八。

現在小八來家裡，父親也稍微會逗弄小八了。雖然一開始撿到的時候他堅決反對，但現在的話說不定可以！

然而——

「不行不行！怎麼能養貓！」

父親的答覆和一開始一樣完全沒有變。

「可是！悟的爸爸和媽媽死掉了喔！如果連小八也要送給不認識的人，悟太可憐了！」

「並不是不認識的人吧，那是親戚。」

「但悟說他不認識啊！」

在小孩子眼裡，極少見面的遠房親戚和陌生人沒有兩樣。朋友反而更加親近。為什麼大人連這點也不明白？

「總之就是不行！貓會活十年、二十年喔！你能一輩子對他負起責任嗎！」

「我可以！」

「明明沒有自己賺過錢，少說大話了！」

可能覺得悟很可憐，母親直到中途也都站在幸介這一邊，但父親反倒更加頑固堅決，這點也和當時一樣。

「悟是很可憐，但這和那是兩碼子事！去拒絕悟吧！」

區區小學六年級的男孩，沒有半點力量可以推翻這則宣言。幸介一邊啜泣一邊走向悟家，拖著腳步走上住宅區的坡道。

明明起初撿到小八的時候，悟使出渾身解數好讓幸介能養小八。雖然努力的方向完全錯了，但他千真萬確為了自己奮不顧身地四處奔走。

到了最後，還是悟家收養了小八。

「對不起。」幸介低著頭掉下眼淚。

「我爸爸說不能養貓……」

當時他也哭著這麼說。但是，現在不是因為難過，而是不甘心。

父親竟然不願為了兒子的好友收養一隻貓，他既不甘心又痛恨。雖然至今都難為情得不曾說出口，但如果幸介有可以稱作摯友的朋友，悟絕對是不二人選。

混帳老爸，在你的獨生子心目中，悟明明是這麼重要的朋友。

「沒關係。」

悟說，露出又哭又笑的表情。

「聽到小幸說要問問看，我真的很高興。」

悟搬家那天，想當然幸介前去送行，但不可置信的是幸介的父親也跟著來了。還說悟和他們家往來密切，來送行是當然的。分明不肯收養悟的愛貓，怎麼還做得出如此厚臉皮的舉動？

目送好友前往遠方，成了他深深輕蔑父親的最初記憶。

悟搬走後，一開始兩人還勤勞地互相寫信和通電話，但終究距離遠又無法見面，日子一久，自然而然便疏於聯絡。也是因為沒能收養小八的愧疚感莫名地越來越加劇。

如果經常碰面的話，這種程度的尷尬肯定會隨著頻繁來往而淡薄消逝。但是，最後一次見面留下了最大的愧疚後，無法見面的時間讓愧疚更是滋長。

儘管如此，幸介始終沒有中斷寄賀年卡，因為心底深處仍相信悟是特別的朋友。雖然自己甚至無法收養他的愛貓，已無法再像孩提時一樣，在心裡肉麻兮兮地認定悟是自己的摯友。

高中畢業、進入大學以後，彼此依然互寄賀年卡，並且在最後加上一句「之後約出來見面吧」。但是，真的要安排時間見面的話，長年來沒有見面所堆累的時間卻絆住了他們。

成年禮時，昔日的同年級生再度聚首。那一天，許多待在縣外的同學都回來了。悟不在那群人當中。他究竟參加了哪裡的成年禮？

大家都忘不了成年禮時的熱鬧氣氛吧，之後好一段時間很流行辦同學會。辦高中同學會還有些太早，但小學和國中正值敘舊歡暢的時期。留在當地的人成了主辦人，也聯絡了縣外的同學，在各地召開同學會。

輪到留在當地的幸介當主辦人時，負責的是小學同學會。他要召集六年級時的同班同學。

他忽然心血來潮，寄了邀請函給悟。同學會主辦人這個正當理由推了他一把。只有幸介知道悟現在的住址。

悟打電話來告知答覆。電話彼端的聲音和他當年還是調皮小鬼一樣，非常熱情開朗，儘管闊別已久，卻聊得很盡興。彷彿要彌補這些年來的疏遠，悟連珠炮似的滔滔不絕。

「啊，聊得真開心。那下次見囉！」說完，悟掛斷電話，但一眨眼又重新撥了過來。他忘記說同學會的回覆了。當然是出席。

此後兩人又開始往來，一年會見幾次面。悟住在東京，但變成大人以後，距離已不是太大的阻礙。

悟畢業於東京的大學，在東京工作；幸介畢業於當地的大學，在當地就職。

幸介大約在三年前繼承了父親的相片館。

長大之後，關係還是不甚和睦的父親健康出了毛病，收起相片館，退隱住在稍遠的鄉間。原本就是地主家系，四處都有閒置的土地。

從前都是住家的相片館關門歇業了一陣子，但維持屋況也很麻煩，因此決定出售。父親一如既往單方面地宣告：「我就是要這麼做！」——忽然間，幸介覺得很寂寞。

打從孩提時代，相片就與他密不可分。暴躁又易怒的父親只要一提到相片，總是和顏悅色地教導他，偶爾也會給他老舊的相機。雖是父親自成一派的做法，但他也大致學會了攝影流程，長大以後，也三不五時幫忙相片館的攝影工作。
父子關係唯有在與相片接觸的時候才比較好。換言之，不再有相片這個媒介的話，今後彼此會越來越形同陌路嗎？
這也讓幸介有些難以釋懷。與妻子商量後，正好就職的公司也開始慢慢走下坡，幸介於是提議，不嫌棄的話就由他繼承相片館。
父親出乎預料地喜形於色，只差沒流眼淚了。
幸介不禁心想，雖然有點晚了，但情況說不定會從此開始好轉。
「我本來是這麼以為……」
幸介不吐不快似的喃喃低語，悟擔憂地看向他。
「起了什麼爭執嗎？」
「面對個性霸道又任性的父親，我不該天真地還想盡孝道。」
相片館重新開業後，父親三天兩頭不請自來。雖說退隱住在鄉間，但也只是「稍微遠了一點」，距離完全不成問題。
一下子插手相片館的經營，一下子插嘴干涉店的方針，儼然將自己視為大老闆。除此之外，還對妻子說了沒必要的話。
妳也得趕快生下澤田相片館的繼承人才行。
妻子最耿耿於懷的事情，就是遲遲懷不上孩子。母親偶爾也會勸誡父親，但母親一勸他就更加冥頑不靈，是他這輩子的老毛病。

就在去年，妻子終於得償所願懷了孩子。然而，沒能度過懷孕初期的不穩定時期，孩子流掉了。

妻子不發一語大受打擊，但父親前往探望時說的話更是差勁透頂。

不過，這下子至少知道妳懷得了孩子。

幸介感到頭暈目眩。為什麼這種人是我的父親？從小數不清有多少次他都這麼想。從父親分明撇下悟不管，還厚顏無恥地去送行的那一天起。

「之後我老婆就回娘家了。娘家當然也怒不可遏。完全沒有辯解的餘地。」

父親卻一點反省之意都沒有，說：「最近的年輕女人都太神經質了。」

「我有時還會想他能不能去死呢……」

自言自語地脫口而出後，幸介慌忙補上一句：「抱歉。」這種神經大條的地方是遺傳自父親嗎？幸介悶悶不樂。

「別在意。」悟笑道。

「親子關係本來就是人人各異。我不希望自己的父母過世，但那是因為我和他們的感情很好。如果他們不是那樣子的人，我也不曉得自己的想法會有什麼改變。畢竟常言道，人往往對自己的親人最苛刻。」

即便如此，幸介還是揮不去心頭的尷尬，於是悟露出壞心眼的笑容。

「如果幸介的父親是我爸爸，我也不曉得能不能真心敬愛他呢。」

聽到這個難度相當高的問題，幸介禁不住噗哧一笑。

「更何況，這世上也真的有人不適合成為父母。我認為親情並不是一種絕對的保證。」

悟相處融洽的雙親早早亡故，他竟還會發表這種意見，幸介感到意外。

「希望你太太早日回來。」

「唉，天曉得。她應該不只生公公的氣吧。」

也厭倦了不敢向父親清楚表達意見的丈夫吧。幸介的壞習慣是一被怒吼，就會噤若寒蟬。從小反覆養成的習慣很偉大，前提是條件反射作用正確的話。由於被灌輸了錯誤的條件反射作用，面對父親蠻不講理的長篇大論，幸介總是語氣上矮了半截地吞吞吐吐。

「你爸爸真的插手管很多嗎？」

「因為近來客人也減少了啊。」

現在的人不再像以前一樣，有必要的時候會在相片館拍照。雖是時勢所趨，但在父親眼裡，卻成了幸介不夠爭氣。「我得幫忙照看才行」這種話也終於日漸增加。幸介雖能充耳不聞，卻怎麼樣也無法堅決推翻。

我可不一樣，不要的事情就是不要。貓普遍都是會說「不」的生物。

況且，如果要讓以為收養了貓後，喜歡貓的太太就有可能回來的沒用男人收留我，為了維護貓的尊嚴，我絕對不要！

「奈奈，他應該適應環境了吧。」

幸介從沙發起身，朝籠子走來。

來吧，想硬把我拉出去抱在懷裡的話，我會在你臉上劃下之後整整三個月都能玩黑白棋的清晰格紋。

「唧唧唧。」幸介一邊釋出善意，一邊朝籠內伸長手，我立即朝他露出利牙。停，那裡是絕對防空圈。意圖侵略的話，我會教你後悔莫及。

「好像還是不行。」

幸介無精打采地縮回手。

「嗯——好像不太行呢。」

接著悟語氣有些含蓄地開口。

「那個……幸介要養貓的話，和太太一起找隻新的貓比較好吧？」

「咦？為什麼這麼說？」

「如果你收養我的貓，感覺像是藉此向你爸爸諷刺小八那件事。」

「反正我老爸根本不記得他當初堅決不肯收養小八吧。」

「但是，幸介還記得吧？」

經悟一說，幸介陷入沉默。——正是正是。

我不會否定幸介想收留悟的愛貓——也就是我，這種友情表現。但是，在收養很像小八的我一事上，我才不相信他沒有參雜半點對於從前的含沙射影。

我也不相信他無意諷刺都怪那個讓人傷透腦筋的父親，妻子才離家出走。

「我認為幸介和你太太，養一隻沒有任何背景的全新貓咪比較好。」

可是——幸介的表情就像鬧脾氣的孩子。

「我喜歡小八啊。當年也是真的想收養小八。」

「雖然長得很像，但奈奈就是奈奈，不是小八。」

「悟也是因為奈奈很像小八，才覺得是命中注定吧？既然對悟來說是命中注定，對我來說應該也是。」

真是的，人類為什麼長大後還是這麼不懂事呢？真教我無言以對。

「在我高中的時候，我心裡的小八就死了。但幸介心裡的小八還活著。」

沒錯——悟的小八已經在悟的心裡塵封打包，所以小八的位置和我的位置不一樣。

幸介，但你不一樣吧？因為剛剛才得知，儘管大腦知道小八已經死了，心情上卻還沒有意會過來吧？

不悲傷的話，就無法塵封起已不在世的貓。縱然能夠悼念一直以來音信全無的貓，但事到如今也無法湧起悲傷吧？如此一來——

幸介，你會直接將我放在小八的位置上。以奈奈的身分被悟愛著的我，如今已不能接受成為你的小八的替身。

要是再加上你那令人傷腦筋的父親和受了傷的妻子，我更是難以忍受。我雖是稀世罕見的聰明貓咪，但如果受到寵愛的同時，還要背負起如此沉重的人際關係，這種麻煩差事我敬謝不敬。

「你應該和太太找隻新的貓，讓他變成你們兩個人的貓。別管你爸爸了。你爸爸可能會囉嗦抱怨，但別理他，逕自在這個家裡養貓就好了。」

幸介沒有應聲，但表情已是了然於心。

所以，他再度伸手進籠子的時候，我讓他摸摸我做為餞別。

也該撇開老爸往前走了吧。貓通常出生半年後就不再仰賴父母了喔。

悟再一次將裝有我的籠子放進銀色休旅車。

他還與出來送別的幸介依依不捨地站著聊天。

「對了。」

悟靈光一閃地敲了下手。

「都市裡開了為寵物拍照的相片館，好像很受歡迎喔。沒想到有不少人都想留下寵物可愛的照片。」

「哦……聽來很有趣。」

幸介也興致勃勃地被勾起好奇心。

「你也帶奈奈去拍過照嗎？」

「不，我是沒有……」

緊接著悟頑皮地笑了。

「等澤田相片館設立了寵物攝影項目，我再帶奈奈來拍照吧。」

「真是好主意。」

幸介也笑了起來。

「用這個新事業來反抗臭老爸，還真是大快人心。」

悟坐進休旅車。他降下駕駛座的車窗，又對幸介說：

「對了。二十歲那年，幸介邀請了我去參加同學會吧？」

很久以前的事了呢。幸介笑道。悟的聲音也帶著笑意。

「當時我真的很高興。」

「現在還提這個做什麼。」

「因為突然想到，我還沒告訴過你我很高興。」

別說了，幸介想帶過話題。我偏要說，悟打趣回道。

「謝謝你。我原本從沒想過自己還能回到這個城市來。」

「再見囉。」簡潔地互道再見後，悟開車駛離澤田相片館。

「對不起啊，奈奈。」

悟一邊開車一邊對我說。

「我覺得幸介別收養你比較好。不過，我絕對會找到值得信賴的飼主。」

沒關係，沒關係。況且我根本沒有拜託你。

今天你要是硬將我留下來自己離開，你與幸介的下場恐怕都會有些淒慘。具體而言，會讓你們臉上的棋格長達半年都不消。

然後悟看向副駕駛座上的我，大聲驚叫。

「咦咦！奈奈，你怎麼出來的?!」

你不知道嗎？那個籠子的鎖釦很鬆，只要從內側扳動幾下就開了。

「嗚哇……你會打開蓋子嗎？我都不知道。必須買新的貓籠了。」

唉，知道我打得開以後，這是你的感想嗎？直到目前為止，就算你帶我前往一生禁地的醫院，我也一次都沒有逃跑耶。

「但應該沒有必要吧？因為你從以前到現在都很懂事，也很聽我的話。」

沒錯沒錯。悟就好好感謝我是一隻舉世罕見的聰明貓咪吧。

我踮腳湊向副駕駛座的窗戶，好一會兒欣賞飛逝而過的風景，然後在座位上蜷成一團。

車上廣播播放著某種搖滾音樂，這種音樂的低音會在腹部隆隆迴響，很不舒服。——貓對音樂也很挑剔喔，各位知道嗎？

我垂下耳朵，左右搖著尾巴表示不滿後，悟很快眼尖地發現。

「是喔，你不喜歡嗎？不曉得音響裡有什麼音樂。」

悟切換成車上音響，曲調輕快的管弦樂曲傳了出來。嗯，這個還可以。

「以前我媽媽很喜歡聽，是波爾．瑪麗亞[4]。」

嗯，不錯。現在播放的曲子彷彿會有鴿子跑出來，貓會覺得很有趣。

「我都不曉得你喜歡車子。早點知道的話，就會帶你去更多地方了。」

說我喜歡車子這句話有語病。你是不是瞬間忘了我曾被車子撞斷腳啦？

我只喜歡這輛銀色休旅車。因為在遇見悟以前，它就是我的休旅車了。

走吧，坐上這輛休旅車，接下來你會帶著我前往誰的所在？

目送載著悟和奈奈的休旅車離開後，幸介走進屋裡，發現手機收到了簡訊。是妻子寄來的。

『你收養貓了嗎？』

他本想打字回覆，但轉念一想，改成打電話。

有預感現在撥打的話，她會接電話。

最後，他數了七下響鈴。是奈奈帶來的幸運數字七嗎？

「喂？」妻子的嗓音還很僵硬。

好了。開朗地，輕快地，融化這道頑固的話聲吧。預備——

「我說，要不要兩個人一起找隻新的貓咪？」

4. 譯註：Paul Mauriat（一九二五年三月四日～二〇〇六年十一月三日）。法國輕音樂大師。

Report-02

吉峯

今天，銀色休旅車裡依然播放著彷彿魔術師會變出鴿子來的樂曲。

悟說曲名叫作〈橄欖項鍊〉。為什麼曲名裡頭沒有鴿子？如果由我來命名，絕對會加進去。好比說〈鴿子與高禮帽的祕密關係〉，怎麼樣？

「奈奈，今天天氣也很好呢。」

開車的悟也一派神清氣爽。貓通常一下雨就想睡覺，人類的身體狀況也會因為天氣而改變嗎？

「開車的時候果然要天氣好才開心。」

什麼嘛，是心情上的問題。人類這麼無憂無慮真好。貓的能力值會確實受到天氣影響，對野貓來說，更是攸關生死的問題。狩獵的成功機率也會改變。

「在下一個休息站休息吧。」

不同於先前去幸介家，今天一路上極少遇見紅綠燈。聽說叫作高速公路。基本上只有悟宣告要進去「休息站」時，銀色休旅車才會停下來。

悟說這是遠行時使用的道路，這次也的確是長途旅行。因為休旅車在昨天早上出發，便一直在高速公路上驅車行駛，晚上住在接受寵物的旅館。

由於長途跋涉，休旅車內的環境也為了我特別打造過。所以恕我失陪一下。

見我輕巧地從副駕駛座鑽向後座，悟問：「怎麼啦？」然後瞄了我一眼。

「啊，失禮了。」

是，是。因為我的廁所放在後座的腳踏墊上。悟新買了一個沙子不會撒出去的附蓋貓砂盆。

如此一來，我和悟就能坐著這輛銀色休旅車到任何地方去。

如果可以一輩子開車旅行就好了。

「奈奈，我們要進入休息站囉。」

OK～！我邊挖著沙子邊含糊應聲。

將車子停在休息站的停車場後，悟從後車廂的行李中拿出了飼料盆和飲水盆。他在置於腳踏墊上的飼料盆裡倒入乾糧，再把寶特瓶裡的水注入飲水盆。

「我也去上一下廁所。」

悟匆匆忙忙關上車門，邁步離開。好像很急呢，但他還是優先照料我的飲食，悟真是非常優秀的飼主。

我先喝了水滋潤喉嚨，這時有人敲了敲車窗玻璃。——又來了嗎？

我略微回頭瞥去一眼，疑似夫妻的一對年輕男女貼在車窗外注視著我。兩個人都不像話地露出傻笑。

「是貓咪耶——！」

嗯，對啊，我是貓咪，那又怎樣？吃著乾糧的貓並不稀奇吧？

「哇啊，他在吃東西，好可愛！」

「真可愛呢～」

夠了，這對肉麻情侶！你們自己設身處地想想看，如果吃飯的時候有人指著你們大呼小叫，會有什麼感想？無法靜下心吧？還會食不知味吧！難得今天是雞胸肉與海鮮湯汁口味。

為什麼愛貓人士的眼睛都這麼敏銳？每次我休息的時候都會聚集前來，就這方面而言還真是了不起。

如果餵我食物的人是你們，我也會視食物的等級給你們一點好臉色，但給我飼料的是悟喔。讓我集中精神在雞胸肉與海鮮湯汁乾糧上吧。讓我集中精神啦！

我無視他們品嘗乾糧後，年輕夫妻似乎是死了心，一邊興奮地吱吱喳喳一邊離去。

然而沒過多久，我又感受到了非常熱切的視線。這個壓力是怎麼回事?!我忍不住抬起眼，這次是有如禿頭海怪的表情駭人大叔緊貼在車窗上。

喵嗚！我反射性地向後仰，大叔露出了非常受傷的表情。咦？可是看到一張可怕的臉盯著自己吃飯，一般都會不寒而慄、都會嚇一大跳吧？不是我的錯吧？

大叔依然一臉深受打擊，但還是緊貼在窗戶上凝視著我。真是教我渾身不自在……

「難不成您喜歡貓？」

回到車旁的悟向大叔出聲。大叔有些手忙腳亂，說：「真是可愛的小貓咪呢。」別用那張臉說小貓咪啦。

「那我失陪了。」大叔急急忙忙打算離開，見狀，我的良心不安到達了頂點。

我仰起頭「喵」地叫了一聲。悟在車窗外笑著頷首。

「你不嫌棄的話，要不要稍微摸摸他？」

「可以嗎？」

大叔就像少女一樣紅了臉頰。我走向悟打開的車門，回應大叔伸出的手，讓他摸摸我。就在大叔的臉即將融化變形之際。

「哇——是貓咪耶！」

路過的打扮花稍女子們發出了刺耳的尖叫聲。

「好想摸喔！大叔，接下來可以換我們摸嗎?!」

吵死了！我對妳們一點義務也沒有！我露出利牙倒豎毛皮後，女子們於是一邊走掉一邊大聲嚷嚷：「討厭~他生氣了~」

「呿！真想摸摸看呢。」

「算了啦，那種眉毛貓。也稱不上可愛嘛。」

妳說什麼?!聽到這種荒謬的無禮批評，我露出了近似目瞪口呆的表情。

「很可愛喔！奈奈很可愛！」

悟慌忙連聲安慰。

「你看，畢竟那些女生打扮得很花稍，肯定審美觀也有些獨特。你就原諒她們吧。」

「哎呀，真的是很可愛的小貓咪呢。他叫作奈奈嗎？」

「是的。因為尾巴末端是7的形狀。」

沒必要還向路人大叔說明名字的由來吧，但悟在這種地方上就是中規中矩。

「莫非這隻小貓咪很少讓其他人摸他？」

「是啊，他在外面好像很挑對象。」

「這樣啊。」大叔更是笑逐顏開，又摸了一會兒後才離去。

「奈奈，真難得，竟然會讓路人那麼長時間摸你。」

嗯，該怎麼說呢，這就像是彌補或贖罪吧？別深入追問了。

休旅車又行駛了好一陣子，我踮腳探向副駕駛座的車窗。——大海耶！

「奈奈喜歡大海呢。」

我出生長大的地方附近不鄰海，所以截至目前只在電視上看過，兜風時初次見識到的大海，讓我非常喜歡。

不僅閃爍著翠綠色的耀眼光芒，最重要的是，一想到雞胸肉與海鮮湯汁口味的海鮮全都在那片閃閃發光的碧色海水裡，真是太浪漫了。哦，流口水了。

「如果最終又像上次一樣一起離開，下次順路去海邊吧。」

哦，那走吧。有機會的話，不曉得能不能捉點海鮮。

看不見大海以後，我睡了一會兒，醒來時景色已變成了悠哉寫意的鄉村小鎮。銀色休旅車宛如豉蟲般輕巧地穿梭在大片綠油油的水旱田間。

「啊，你醒了嗎？就快到了。」

如悟所言，休旅車不久便停在了一戶農家的庭院前。除了重視實用性與面積的造型簡陋主屋外，還建有別館和倉庫，庭院前停著小卡車。

我率先走進後座上打開了蓋子的籠子。造訪陌生人家的時候，有個熟悉的藏身地點比較讓人安心。

悟打開後座車門，拎出裝有我的籠子。

「宮脇！」

聽到有人出來迎接的聲音，我從籠子的空隙往外一看，一名身穿田間工作服、頭戴草帽的男子朝悟高舉著手。

「吉峯，好久不見了！」

悟也朗聲回應。
「你看起來精神很好嘛。」
「成天在田裡幹活的話，身體自然而然會變強壯啊。宮脇瘦了點吧？」
「是嗎？不過，畢竟我在都市過著不健康的生活嘛。」
兩人朝著主屋邁步前進。
「你知道路嗎？」
「嗯，近年來的導航系統很優秀。」
「不過，沒想到你真的開車從東京來到這種地方。搭飛機的話更快又便宜啊。走陸地很花錢吧？」
真是明察秋毫。高速公路的收費站、加油站，還有昨天可供寵物入住的旅館，在抵達這裡之前，悟不曉得打開了幾次皮包。
「嗯，可是搭飛機的話，奈奈會被歸類為隨身行李。貨艙好像很暗又有很多噪音，我曾讓以前養的那隻貓搭過一次飛機，之後他一整天都緊張兮兮。貓又不清楚是怎麼回事，如果奈奈也變成那樣的話，就太可憐了。」
雖說事後變得緊張兮兮，但悟竟然以為我克服不了小八克服過的事情，真教我難過。比起小八，我應該更有膽識吧，因為我成年之前都在野外打滾討生活。
先不說我，這種時候還花這麼多錢，我還比較擔心悟。

走進主屋後，吉峯領著我們進入起居室。悟在房間角落放下籠子，打開蓋子。

吉峯在貓籠前蹲下。

「我可以看看奈奈嗎？」

「嗯。不過在他習慣環境、自己走出來前，可能要先等一段時間。」

「嗯，別擔心。」

別擔心什麼？我納悶地歪過頭的那一瞬間，一隻粗壯的手臂無預警探進籠子。

呀——————?!

那隻結實的手臂不由分說地揪住我的後頸，將我拉出籠子外，再直接將我高高舉在半空中。

這這這這個野蠻人在做什麼！等等，別擔心的人是指你嗎?!

「很好很好，是隻像樣的貓。」

這是什麼意思?!

「慢慢慢慢著——————！」

瞠目結舌的悟猛地大步上前搥打吉峯的後背。

「你幹什麼啊！太突然了吧！」

「不，我是想確認他是不是貓。」

吉峯一邊說一邊用粗壯的手臂將我抱在懷裡。我亂踢亂蹬想要逃走，但結實的手臂遭到我的飛踢依然不動如山。

「你在說什麼啊?!簡直莫名其妙!」

「呃，所以說，像這樣揪住貓的時候。」

「不要又拎一次!」

「後腳確實縮了起來的話，這傢伙就是貓沒錯。」

夠了，還不放開我!我同時以兩腳踢向吉峯的手臂，如鮭魚般拚命扭動身子掙扎後，逃離了吉峯的手臂。

然後身子一轉，華麗著地!再朝著吉峯的方向壓低身子後，吉峯「哦哦」地發出讚歎，連連拍手。

「真是隻好貓，運動神經無可挑剔，頭腦也很聰明。太出色了，是我有眼不識泰山。」

「咦?嗯，還好啦。」

對吧，還好啦。貓都該具備這點能力——啊!

「啊!不對吧!」

哦，真是精采的同步。我們不愧是連成一氣的完美搭檔。

「你怎麼能突然揪起奈奈的後頸!他會嚇到吧!」

「不，因為我前陣子撿到了不是貓的貓啊。奈奈如果也是不是貓的類型，農家養貓的意義也就減半了吧，所以我才會確認一下。」

正當我沒好氣地左右甩動尾巴時，某個不識趣的傢伙竟然湊近把玩。

我惡狠狠回過頭，是隻茶褐色的虎斑小公貓。不知是何時又從何處冒出來的，興奮地在我的鉤狀尾巴四周打轉……真煩。

吉峯倏地伸長手，捉住小貓的後頸將他拎起來。小貓的腳無力地往下垂。

「你看？他不是貓吧？」

的確，好像欠缺了貓與生俱來的能力。也就是捉不到老鼠的貓，跟小八一樣。即使加以訓練後多少能夠提升能力，但要成為我這種等級的獵人，還是有點困難吧？哼哼。

「哇啊，他還只是一隻小貓咪，你太粗魯了吧……」

悟對著小貓緊張地不停擺動手指，吉峯將小貓輕舉到他眼前。

「不嫌棄的話，要摸摸看嗎？」

「樂意之至！」

……這麼說來，悟也是無藥可救的貓奴。你就去討好小貓吧，哼！

🐾

國中時的同年級生宮脇悟久違地寄來簡訊。

碰巧自己也正心想，不曉得宮脇最近過得如何。

近況報告很簡單，內容主要是則請託。

『不好意思突然打擾，但你願意收養我的貓嗎？』

他說是自己非常寶貝的愛貓，但因為身不由己的苦衷無法再飼養，正在尋找飼主。

文章中宮脇不顧己身的處境，反倒殷切地描述貓的困境，由此可知兩件事。

一是這個愛貓的朋友再次養了一隻寶貝愛貓，二是他再次不得不與愛貓分開。

吉峯大吾本人不喜歡貓，但也不討厭貓。家裡有貓的話，他會逗弄，也會照顧，但並未喜愛到主動想養貓。不過，就算貓替換成了狗或小鳥也一樣。

但是，在農家養貓絕對是有利無害。農家總伴隨著鼠害，貓之於老鼠，確實能起到一定的驅除作用。

於是他寫了回覆。

對我來說貓就是貓，飼養的方式無法像你一樣，如果你不介意的話，我可以收養。沒有其他人能拜託的話，就來找我吧。當然，我會盡到飼主的義務，這點你可以放心。

宮脇回信說了謝謝。但由於已經有人先答應了他，他會先去那裡看看，沒能定下來的話，再來拜託吉峯。

過了大約一個月後，宮脇再度捎來訊息問：「我可以帶貓先去見一面嗎？」

這段期間裡撿到小貓只是偶然。

「我開著小卡車行駛在國道上時，發現他就像破爛抹布一樣倒在路邊。見死不救的話也讓人良心不安……」

「是嗎……」

宮脇對爬上自己大腿的茶色虎斑小公貓完全沒有抵抗力。在愛貓人士心目中，小貓似乎又特別可愛。

「真虧你能養活這麼小的貓咪。應該很困難吧？」

「嗯，我也問了獸醫很多問題。問問左鄰右舍，也有人家裡養貓，所以指導員到處都有。」

但因為地處鄉間，每戶人家的飼養方式都偏向隨心所欲。

「他開始可以吃貓食以後，一下子輕鬆多了。」

「沒想到吉峯會拿著奶瓶餵小貓喝牛奶。」

八成想像了那個畫面，宮脇輕聲噗哧一笑。

「你運氣真好，被溫柔的飼主撿到。」

「我才不溫柔。我還以為養他的話，至少可以幫我抓到一隻老鼠，卻不是像樣的貓，真教我大失所望。」

「那麼，他也恢復健康了，你要再把他丟掉嗎？」

宮脇揶揄地問，吉峯板起臉孔撇過頭去。宮脇也不再窮追猛打，逗弄大腿上的小貓。

「原來如此，所以你才在意奈奈是不是像樣的貓。」
「如果養了兩隻貓，兩隻都不像樣，就白白浪費飼料錢了。」
「但就算奈奈的腳會往下垂，你也不會拒絕收養他吧。」
「我怎能那麼狠心對待為了貓，特地大老遠從東京走陸地來這裡的客人。」
是，是，宮脇完全不當一回事地敷衍應聲。
「對了，小貓叫什麼名字？」
「茶虎。」
「……真沒創意耶。」
「是嗎？」
向養貓的鄰居詢問如何養貓後，對方就說：「茶色虎斑貓嗎？那就叫他茶虎吧。」對方信誓旦旦地說茶色虎斑貓就該叫茶虎，他便直接借用了這個名字。
「因為《子貓物語》[5]上映以後，茶色虎斑貓就叫茶虎，變成了一種不成文的規定啊。」
「我才不管那種養貓專用的不成文規定。」
名字似乎真的很沒創意的茶虎也分辨得出愛貓人士吧，已在宮脇大腿上徹底放鬆歇息。
「真懷念，我以前養的貓也像這樣。」

宮脇不曾在吉峯面前說過「以前養的貓」的名字。但是，他並非是刻意對吉峯這麼說。

只是因為一旦說出那個名字，宮脇的心就會被思念和寂寞壓垮吧。

連他這個不懂養貓不成文規定的門外漢，也在當時就懂得這一點。

吉峯在二年級的春天，轉進後來成為畢業母校的國中。

「這位是吉峯大吾同學，從今天起就是大家的同學了。」

級任導師很年輕，是聽說大學時曾當選某某小姐的美人，但吉峯打從第一次見到她，就對她感到棘手。

例如聆聽辦理轉學的說明時，她便分外積極地想拉近彼此距離，這點讓人大感吃不消。本人心目中多半有著理想的教師形象吧，但吉峯沒有義務配合她。

他竭力忽視她那令人吃不消的熱情，但此時很快地再也無法視而不見。

「吉峯同學的父母工作都非常忙碌，因此搬到奶奶家住，才會從東京轉學來這裡。能夠體諒父母、忍耐寂寞，吉峯同學真是了不起。大家要好好跟他相處喔。」

怪不得，莫名的親切是源自一廂情願的同情。吉峯打從心底感到厭惡。

5. 譯註：一九八六年上映的日本電影，由畑正憲導演。講述一隻名為茶虎的茶色虎斑小貓的成長過程。

連人生經歷尚淺的國中生，也明白這在轉學生介紹中屬於最糟的那一種。

「吉峯同學，向大家打招呼吧。」

「那個。」

吉峯轉身面向級任導師。

「老師為什麼要擅自說出我家的事情？我並沒有拜託妳告訴大家吧。」

教室內一陣譁然，美女班導的笑臉上出現了明顯心慌的僵硬。

「咦？我這是為了吉峯同學好……」

「但我反而覺得很尷尬。我不希望同學是因為家裡的關係才接近我。」

級任導師一逕在嘴裡低聲嘟囔「可是」、「因為」，這下子無法期望今後有樂觀的發展了。吉峯重新轉向班上同學。

「我叫吉峯大吾。家裡的事情沒有什麼大不了，請大家就跟面對普通人一樣，以後請多關照。」

教室內一片鴉雀無聲。看來一開頭就嚇到大家了。

「好過分。」

級任導師話聲哽咽地說：

「老師是希望吉峯同學不要感到寂寞……」

「我的座位在哪裡？」

他決定先問該知道的事情，然而這個提問成了導火線，級任導師「哇」地放聲大哭，順勢在班會結束鐘聲響起的同時衝出教室。因此也沒告訴他座位。

「你就坐沒人的位置吧。」

邊說邊指向後頭空位的是宮脇。

第一堂課結束後，在顯然都畏懼地站得遠遠的班上同學注視下，宮脇目不斜視地大步走向他。

「下一堂課要去其他教室上。你不知道在哪裡吧？一起走吧。」

科目是理化。吉峯帶了教科書和筆記，在他的邀請下離開座位。

「那個。」

吉峯邊走邊問出自己好奇的問題。

「你是因為在意老師說的話，才對我這麼親切嗎？」

「不，完全不是。」

宮脇想也不想地回答。

「不過我倒是心想，兩個人都很幼稚。」

兩個人……

「也包括我喔？」

「那個老師一遇到家庭情況特殊的學生，就會特別想溫柔對待他們。雖然她沒有惡意。」

對於宮脇說的老師想溫柔對待學生並沒有惡意，吉峯覺得兩人意見一致。

「我也是一年級剛入學的時候，她就向大家宣揚了我家的事情，所以我懂你的心情。父母在我小學的時候出車禍過世了，現在是和阿姨兩個人相依為命。可是，這種事不會想特地昭告全班同學吧。」

他若無其事說出的事實，遠比吉峯的情況還要沉重。如此說來，他應該遭受到了比吉峯還要教人不耐煩的親切對待。

「可是，每次都抱怨也無濟於事。充耳不聞就好了，快點長大吧。」

明明才國二，你未免太豁達了吧？吉峯心想，但宮脇說的很有道理，所以他按捺住沒有反駁。

不過——宮脇咧嘴笑了起來。

「老實說，真是出了口怨氣。我入學的時候，其實也很想像吉峯那樣回嘴。」

「你叫什麼名字？」

那個當下，他還不知道宮脇的名字。

「宮脇悟。請多指教啦。」

我們好好相處吧——即便沒有說出口，兩人的友誼也已然成立。

儘管一開始就讓班上同學和級任導師驚懼不已，但與宮脇成為朋友以後，情況便改善許多。

宮脇活潑開朗，朋友眾多，只要與他待在一起，自然而然就能融入班級。吉峯本不是招人喜歡的類型，又因為天生的體格和嚴肅表情，容易讓人與他保持距離，如果沒有宮脇，他說不定永遠都是獨行俠。

午餐時間，他也在宮脇的邀請下和幾個班上同學一起吃。他不擅長熱絡地加入聊天行列，向來是默默傾聽。縱然只是聽著，卻也相當開心。

眼見便當的量不太夠，吉峯起身想去福利社買麵包時，宮脇叫住了他。

「喂，吉峯！你要去哪裡？」

「福利社。我想買麵包。」

「你滿腦子都是麵包嗎！你剛剛完全無視跟你搭話的人耶。」

聽到調侃，「啊，抱歉。」吉峯抓了抓頭，大家哄然大笑。

「我可以離開了嗎？」

他重新徵求同意後，向他搭話的同學也苦笑著揮了揮手。「去吧，去吧。」

從小學起，聯絡簿上的評語經常是「做事我行我素」。他常常因為自己一個人突然展開行動，招來不必要的誤解，但多虧了宮脇像剛才那樣滿不在乎地出言調侃，他也不至於在同學中顯得太過突兀。

宮脇好像也巧言安撫了內心受創的級任導師。不知他是如何收拾了這個殘局，某天，級任導師突然在走廊上叫住他，眼泛淚光地向他道歉。

「對不起喔，老師沒能理解吉峯同學寂寞的心情。」

看來是宮脇向她灌輸了一些道理，而且也與她心目中理想的教師形象巧妙地達成平衡。總覺得產生了非常嚴重的誤解，但吉峯也懶得說明，決定遵守「快點長大吧」這句箴言，簡短應道：「我已經不放在心上了。」

「老師今後會絕口不提吉峯同學家裡的事情，你放心吧。」

至於疑似讓老師產生了嚴重誤解的家庭情況是什麼，只有宮脇曉得。

「我家是雙薪家庭，父母都太過喜歡自己的工作了。」

父親在國內的大規模電機工廠從事開發工作，母親在外商公司上班。兩人極少同時在家，吉峯也經常一連好幾天沒見到父母一面。

「兩人從今年春天起更是忙得不可開交，好像到了懶得顧及家庭的地步。對我也不例外。」

兩人開始半互相推卸照顧兒子的責任，住家也因為兩人埋頭工作，眼看著越來越髒亂。

「所以在他們工作不那麼忙碌前，先由爸爸那邊的奶奶照顧我。」

「是嗎？你很寂寞吧。」

「和朋友分開是有點寂寞。」

與父母分開倒是還好。況且三人住在一起時，原本就沒常常見面到會覺得寂寞。

「而且放長假的時候，他們總是將我託給奶奶照顧，我也喜歡奶奶家。情況跟以前相比並沒有太大的改變。所以老師那麼大張旗鼓地說明，我也很困擾。」

這沒有什麼大不了，所以如果像級任導師那樣特別同情他，他只覺得尷尬。因為這世上還有其他小孩的遭遇更加悲慘。——譬如宮脇。

父母在小學時就亡故，應該足以令人生從此黯淡無光，但宮脇總是開朗得讓人完全忘了有這回事。

「喂，喂，吉峯。」

班上男同學出聲呼喚，對話就此中斷。

「你對柔道社有興趣嗎？」

「沒有。」

立即回答後，班上同學失望地垂下肩膀，但仍是以讓他加入正規成員為誘餌，死纏爛打了好一會兒，追問：「怎麼樣？有興趣了嗎？」吉峯誠實回答：「沒有。」同學於是死心離開。

由於體型魁梧，運動社團的招攬始終絡繹不絕，但是吉峯一一回絕。

「你對參加社團沒有興趣嗎？」

宮脇問，吉峯答：「對運動沒什麼興趣。」他有體力，但如果要遵照規則運動身體，他既不拿手又覺得拘束。

「運動社團以外的話呢？」

「如果有園藝社，倒是可以考慮加入。」

奶奶家務農，由於從小親近農業，他也喜歡把玩泥土。爺爺數年前過世了，但奶奶現在仍會一點一點維護田地，所以他在家裡也會幫忙農田的工作。

「校園角落有座溫室，不曉得還有沒有在使用。」

吉峯從轉進來時就非常好奇。說不定能夠進行溫室栽培。

「我也不曉得，沒有留意過。你有興趣嗎？」

「因為奶奶的田都是露地，我沒在溫室裡幫過忙。」

「你真的很喜歡耶。」

吉峯本以為這個話題就此結束，一段時間過後，宮脇卻又重新提起。

「關於園藝社，聽說幾年前沒了社員以後就停擺了。但如果有興趣的話，就算只有兩名社員，理科老師也願意擔任顧問，也可以使用溫室喔。」

吉峯對兩件事感到驚訝，一是宮脇特意調查了這些事，二是宮脇好像也把自己算在社團成員裡。

「你也要參加嗎？」

「我也沒有參加社團，吉峯要加入的話，我覺得加入也不錯。」
「可是，你對園藝沒有興趣吧？」
「與其說沒興趣，更算是無緣接觸吧。因為我完全沒有認識的人從事農業。」
「哦？祖父或祖母也完全沒有嗎？」
真是純粹的都市小孩呢。吉峯表示感佩後，宮脇擺了擺手。
「不是的。是因為我已經去世的父母很少與親戚來往。母親那邊的祖父母在我媽還年輕的時候就去世了，父親那邊則是好像感情不太好。我甚至在父母的喪禮上才第一次見到爺爺奶奶，當時也幾乎沒有說到話。」
所以才會由阿姨領養他嗎？吉峯暗暗了然。一般父母亡故的話，會住在還健在的祖父母家吧。由單身的女性領養相當奇特。
「我覺得有機會的話必須體驗看看，否則一輩子都不會了解吧。」
緊接著宮脇又笑道：「而且我一直很嚮往龍貓裡的場景。」
就這樣，兩人一起加入園藝社，吉峯也開始邀請宮脇到奶奶家玩，說：「覺得農家很稀奇的話，那就過來玩吧。」宮脇家位在鄉間小鎮的中心地帶，少有機會前往大片田地廣闊延伸的地區。奶奶家坐落在勉強可以算入那間國中學區的邊緣地帶，再往東移動三百公尺的話，吉峯可能就要就讀村立國中了，因此奶奶家附近的景色與學校周邊大相逕庭。
宮脇的阿姨忙於工作，他總是帶著鑰匙自己回家開門，所以日漸頻繁地前往吉峯家玩耍，偶爾週末也會留下來過夜。

「還請你跟這孩子好好相處。」

孫子的朋友來訪時，這世間的長輩總是一開口就先拜託這件事。

「他在學校跟大家處得還好嗎？沒有被欺負吧？」

「您放心吧，我覺得吉峯同學被欺負是不太可能發生的事。」

你什麼意思？吉峯用手肘戳戳宮脇。你明明懂我的意思。宮脇也反戳回來。

奶奶始終擔心孫子能否在新國中交到朋友，見到他帶宮脇回來玩，高興得眉開眼笑。稱呼也很快從「宮脇同學」改為「小悟」。

「要不要奶奶買些你能和小悟一起玩的電視機遊戲呀？」

奶奶之所以這麼問，是因為宮脇來玩的時候，總是幫忙水旱田的工作，擔心他可能覺得無聊。

「我已經有了，宮脇也有啊。」

「可是，不需要再有其他玩具嗎？」

「妳不用擔心啦。」

由於沒有務農的親戚，宮脇將農地勞動等田園工作視為一種休閒娛樂，十分樂在其中。

「我們在學校也一起參加了園藝社，我想他很喜歡種田喔。」

「是嗎？」

那就好。奶奶似乎也信服了。

「總之，你能在這邊交到好朋友，真是太好了。這下子奶奶就放心了。」

不只當時，奶奶每次一有機會就不斷重複這句話。彷彿在確認自己的安心。

在奶奶眼裡，我還是沒長大的小孩子嗎？吉峯有些難為情。

因是孫子的朋友，再加上宮脇個性隨和，奶奶相當疼愛他，宮脇也非常親近奶奶。

「真好，我也好想要有這種奶奶。」

宮脇與親生祖父母不相往來，好像覺得與長輩相處很新鮮。

「你不嫌棄我這個老太婆的話，就當作是自己奶奶家，儘管過來玩吧。」

吉峯非常高興奶奶對宮脇這麼說。他幾乎不曾經歷過自己的家人歡迎自己的朋友這種情況。在東京，吉峯也是帶著鑰匙自己回家開門的小孩，父母全然不了解兒子的交友狀況。朋友來玩的時候，家裡往往只有吉峯一個人。

因為沒有父母會嘮叨囉嗦，朋友經常來玩，有時甚至還會羨慕吉峯，但吉峯反而更加羨慕肚子正好有些餓了時、母親會端來點心的朋友家。

當朋友的母親端出形狀不漂亮的手作點心時，聽到朋友悶悶不樂地說：「我一說會帶朋友回來，我媽就莫名幹勁十足。」吉峯還覺得這是奢侈的煩惱。吉峯的母親甚至不曾為他準備過零食，只是每天將零用錢放在桌上。還訂定了自家規則，金額較多的時候就自己買晚餐解決。

偶爾稱讚他，也必定是那一句：「大吾是不用費心的乖孩子，真是幫了大忙。」如此一來，他也無法因為父母放任自己不管就自暴自棄。他體認到在父母眼裡，自己的價值就是不用費心，所以不敢去賭倘若自己拋下了這唯一的價值，會有什麼後果。

「真羨慕吉峯的奶奶這麼溫柔。」

所以，吉峯一次也不曾對羨慕自己奶奶的宮脇說過半句刻薄的反駁。因為他知道宮脇面對阿姨總是拘謹客氣，也沒有其他可以撒嬌的親人。

「隨時歡迎你過來玩。而且奶奶也很喜歡宮脇。」

如此說完，宮脇每次都開心地點一點頭。

下午，還在上課，吉峯感到酷熱地不經意看向校園，發現地面慢慢升起一波波熱浪。當時是預告天氣會超過攝氏三十度也不奇怪的季節。

吉峯猛然驚覺地站起身。「怎麼了？怎麼了？」老師和班上同學一陣喧譁。

「吉峯，你怎麼突然站起來？」

面對老師的斥責，吉峯回道：「沒什麼。」然後準備走出教室。

「站住——————！」

在班上這種時候出面制止，也成了宮脇的工作。

「怎麼可能沒什麼！」
「我馬上就回來。」
「喂！」
結果追到教室外頭的不是老師，是宮脇。
「你又怎麼了！」
「溫室。我早上忘記打開通風口了。氣溫升到這麼高的話，會被蒸熟的。」
溫室裡除了番茄，還種有其他幾種蔬菜，同時也照顧著顧問的興趣蘭花。番茄怕雨，在有屋頂的環境底下栽培最為合適，但這裡氣候溫暖，夏季氣溫太高的話可就大事不妙。
「等到下課時間再去就好了吧！反正只剩三十分鐘左右。」
「可是現在是最熱的時候，要散熱的話越快越好。」
「至少先謊稱要上廁所再衝出來吧！要是社團活動被禁止，我可不管喔！」
「那你跟老師說一聲吧。」
唉，真是的！宮脇嘆了口氣回到教室。
「吉峯好像遭到了游擊隊的攻擊！」
聽到宮脇的報告，整間教室轟然譟動。人都該有幽默機智的朋友。
就這樣，儘管偶爾讓課堂陷入混亂，但兩人成功在放暑假前採收了番茄等新鮮翠綠的蔬菜，也直到最後都沒有蒸熟顧問的蘭花。

與宮脇及顧問一起分蔬菜時，吉峯多要了一些番茄。因為奶奶露地種的番茄遭到了連綿的梅雨摧殘，收成差強人意。

「你多拿一點吧。我們家才兩個人，也不需要這麼多。」

見宮脇不停將番茄塞給他，吉峯噗哧失笑。吉峯家也是兩個人，其中一人還是長者。宮脇也反駁：「可是我和吉峯比起來，吉峯食量比較大啊。」

「而且你是想給奶奶吃好吃的，才選擇種番茄吧。」

參加了一學期的社團活動，宮脇的知識也增進不少，似乎也看穿了吉峯種溫室番茄，是為了當作奶奶露地番茄的後備。吉峯感激地從宮脇那一份多拿了三、四顆。

「放暑假後，我頭一個星期會回家。」

「我知道了。那段時間由我照顧溫室吧。」

開門見山直說後，宮脇也立即意會。

第一批採收結束了，但溫室裡還有蔬菜等著收成。

「你轉來這裡以後，還是第一次回家呢。希望你有個愉快的假期。」

宮脇清楚內情，才沒有不經大腦就說：「太好了呢。」父母不可能為了兒子請假，只是基本上還是得偶爾見面，吉峯才會回去。

「是啊，也能見到那邊的朋友。」

充其量只有這件事可期待。

就算是虛與委蛇，至少將公司夏季假期的其中一天獻給孩子如何？但一思及此，吉峯瞬間就會失去回家的力氣，因此別開了目光不去理會這個課題。

「吉峯不在的時候，番茄如果成熟了，我再替你送到奶奶家去。」

「麻煩你了。」

奶奶一路顛簸地開著小型貨車載吉峯到機場，他再搭著飛機回到東京住家。

抵達羽田機場時，沒有半個人來接他。以前放長假寄住在奶奶家，回到東京的時候也一向都是如此。

東京住家是郊區住宅社區裡的公寓大廈，搭機場巴士可以直達此地。一整個學期都在奶奶家度過後，吉峯益發覺得狹隘。

從回家第一天起，他隨即回到帶鑰匙自己開門的狀態，和轉學前的朋友玩了幾天。只有深夜從公司回來，或是早晨上班前，吉峯才會短暫見到父母。

兩人依舊諸事繁忙，父親和母親正眼也不瞧家人一眼。

吉峯回家後過了三天左右，父母不約而同早早返家。母親還難得地下廚煮飯，一家人圍著餐桌就坐。

吃完飯後，更難得的是母親竟然泡茶。今天到底吹了什麼風？吉峯只是感到不知所措。

父親隔著餐桌坐在對面，一臉凝重地開口。

「我們有重要的事情要告訴你。」

母親也坐在父親身旁。——看這氣氛，絕對不是愉快的話題。

「其實爸爸和媽媽決定離婚了。」

啊，果然。

他早在想這天遲早會到來，因為兩人都太過喜歡自己的工作了。

「大吾想跟著爸爸，還是跟著媽媽？」

聽到這個問題，又看見等著自己答覆的父母的表情——再也無法掩飾的事實鐵錚錚擺在眼前。

父母屏著氣息，等待著自己未被選上，而非被選上。

這兩個人為什麼會如此誠實呢？不論選了哪一邊，他們肯定都不會不願意，也會盡到監護人該盡的義務吧。

但可以的話，希望兒子是選對方，而不是自己。在凝視著兒子的眼神中，深處飄盪著這樣隱隱的期待。

「……對不起。」

吉峯好不容易才擠出這句話。

「我無法馬上做出決定，想先考慮一陣子。」

父母顯然鬆了一口大氣。想必是因為重擔沒有立即落到自己身上。

「我可以明天就回奶奶家嗎？」

被迫認清自己不論之於哪一方都是重擔，他實在不曉得今後該帶著什麼表情和父母生活。

當然兩人都沒有挽留他，隔天他搭上中午過後的飛機。航空公司會確實照料孩童搭機時的安全，所以父母不來送行也能放一百個心，更是不勝感激。

奶奶來到機場接他，又一路顛簸地開著小型貨車返家。

「爸爸和媽媽說要離婚。」

是嘛。奶奶應道。

「我該跟哪一邊比較好？」

「不管跟誰都一樣，大吾只要留在奶奶家就好了。」

偌大的硬塊倏地梗在喉嚨。

「大吾也在這裡交到了好朋友，沒事的，沒事的。」

啊，原來是這樣。吉峯事到如今才發覺。

你能在這邊交到好朋友，真是太好了。這下子奶奶就放心了——奶奶好幾次都像在確認安心般如此輕喃。

打從一開始代父母照顧孫子，奶奶就知道會變成這樣了。

喉嚨裡的硬塊越變越大，到家的時候甚至讓他感到刺痛。

「我去學校。」

他一回到家就換上學校制服。暑假期間，即使穿便服也不能進入校園。

「等時間晚一點再出門吧。現在日頭正熱哪。」

「我很擔心溫室。」

他不理會勸阻的奶奶，蹬上腳踏車奔往國中。用力踩下踏板的期間，喉嚨的硬塊也一點一點削減，落到了胃的底部。

宮脇的腳踏車停在腳踏車停車場裡。

走到溫室，只見他一個人倒也樂在其中地摘著番茄和小黃瓜。

「嗨。」

吉峯在入口小聲打招呼後，宮脇發出了尖銳的大叫聲。

「咦咦⁈你不是再過幾天才會回來嗎？」

「嗯，發生了一點事情。」

在洗手區清洗了採收的蔬菜後，吉峯在校舍的背陰處說明了早歸的理由。眼角餘光中可以看見棒球社在翻滾著熱浪的校園裡打球，這麼熱的天氣還能動來動去，真教他肅然起敬。

「我一直以為把我託給奶奶照顧，這沒有什麼大不了，也習慣了父母從小就把我丟著不管。」

所以轉學的時候，他才會對級任導師的誇大其辭感到不快。當時他心想這種事情稀鬆平常，不要多管閒事。

「可是，這果然是一件不得了的事情吧。就算是雙薪家庭，一般也不會因為懶得照顧小孩，就讓他轉學到鄉下。」

這是異常到級任導師會小題大作地表示同情的事情。

「原來根本是為了離婚做準備嘛。我早該發現了，真是有夠笨。」

目前為止始終寡言地頷首的宮脇第一次反駁。

「不對吧？你只是一直不去想而已。」

偌大的硬塊倏地梗在喉嚨。——笨蛋，別說了。

他好不容易才一邊騎腳踏車一邊削減第一顆硬塊，將它吞了下去。別再來一次。

截至目前，他一直刻意不去思考。但如今不去思考也無可挽回的現實籠罩而來，再怎麼想也於事無補的思緒開始在腦海裡盤旋縈繞。

「大吾是不用費心的乖孩子，真是幫了大忙」——那假使他是必須費心的壞孩子，結果又會如何？

從小他就知道父母過於喜歡自己的工作，也知道他們對自己幾乎是漠不關心。所以才想儘可能當一個不用他們費心、不用他們照顧的孩子。

即使秉著感受不到父母愛情這種孩子氣的理由惹事生非、胡作非為，他也不覺得父母會理睬自己，最重要的是自己不會開心。就算主動破壞家裡的氣氛，也只對最常待在家裡的自己沒有好處。

只要當個不用費心的孩子，起碼父母不會不開心，家裡的氣氛也不會變糟。總是不得不留在家裡等待的吉峯也能自在呼吸。

一家人聚在一起的短暫時間裡，也不會有半個人不高興。——可是，難道是因為他優先注重眼前的安逸，事情才會演變到這一步嗎？

有句俗語說「孩子可比兩爪釘」，不用費心的孩子每天都能過得平靜祥和，但相對地關鍵的時候，卻無法成為兩爪釘。

也許秉著感受不到父母愛情這種孩子氣的理由，惹事生非、胡作非為的孩子，現在這種時候反而能成為兩爪釘嗎？

——不行。

吉峯用力搖頭，停止胡思亂想。事情已經無可挽回，再怎麼想也無濟於事。只會讓第二顆硬塊更是膨脹。況且現在已經相當巨大了。

「不過。」

他擠出聲音，壓下還想奔馳的思考。

「父母離婚也是常有的事嘛。」

他試圖語調輕快地說，語尾卻有些顫抖。宮脇發現了嗎？

「像宮脇比我還要悲慘。」

「這種事不該拿來和人比較吧。」

宮脇的聲音像在對他循循善誘。

「我的父母確實不在人世了，但我還是覺得吉峯很可憐啊。——我覺得吉峯比較可憐。」

「可是，我還有奶奶啊。」

「可是，我過世的父母一次也不曾覺得我是負擔。」

吉峯再也無法辯駁，喉嚨裡的硬塊終於潰決。

我很可憐。我很可憐。我很可憐。

雖然這世上比我還可憐的人到處都是，但父母都隱隱期待別選擇他們的我，也跟常人一樣可憐。

比我還要悲慘的宮脇都說我很可憐了，我應該可以認為自己很可憐。

聽到離婚的消息以後，這是他第一次哭。

嗚咽終於平息下來時，宮脇朝他遞出番茄：「要吃嗎？」

哦……我瞄向吉峯。

我走出了籠子。因為悟說：「等你冷靜下來就出來吧。」一直不肯替我關上貓籠的蓋子，蓋子打開的話，有著茶虎這個土氣名字的茶色虎斑小貓又會闖進來，教人鬱悶得受不了。

喂，茶虎，你的飼主好像也被父母拋棄了喔。——但茶虎正入迷地與老鼠玩具嬉戲，根本沒在聽。哈哈，不曉得你什麼時候會對那隻假老鼠感到空虛呢。

話說回來，真不該以為能與這隻才出生一個月的小貓正常對話。現在正是吃飽喝足跳來跳去後、便沒電般隨處倒頭就睡的年紀。

還在說話的時候，只要風一把窗簾下襬吹得搖搖晃晃，就會拋下所有一切撲向窗簾。——我和他差不多大的時候，也這麼愚蠢嗎？我想應該還是不太一樣吧。不過，精神上的發育本來就有個體差異。與我這樣稀世聰明的貓相比，他太可憐了。

吉峯說茶虎總是趁他一不留神就四處亂跑，考慮到這一點，他猜茶虎在一起出生的兄弟姊妹中反應最為遲鈍，母貓改變居所時，茶虎應該是沒能跟上行進速度，就這麼被拋在原地。

這在貓的世界裡時有耳聞。不好養育或太過遲鈍的小貓很容易被拋棄。因為不論怎麼努力，一隻母貓能擠出的乳量終歸有限，母貓都討厭有可能會白白浪費乳汁的孱弱小貓。

與我同胎的兄弟姊妹中也有這樣的孩子。存在感很薄弱，偶爾甚至不曉得他到底在不在，恍然回神時，已經如同一開始就不存在般消失了蹤影。

以出生一個月來說，茶虎的體型偏小，其實原本是養不大的貓吧。吉峯很用心照顧他，通常無論怎麼照料這種生命力低落的個體，都是徒勞無功。

儘管是初次見面就揪起人家後頸的粗魯傢伙，但他沒有對偶然救下的麻煩小貓見死不救，吉峯肯定是心地善良的人。

明明體格壯碩又孔武有力，要養育他應該很簡單，但人類有時候仍會遭到遺棄。真是教人有些感傷。如果是貓，會最優先養育這樣的孩子。

那麼，先不說這件事了。

原本應該養不大，吉峯卻讓你活了下來，你應該向他報恩吧？對，沒錯，我就是在對你說話。

茶虎僅一瞬間做出了側耳傾聽的動作，但似乎還是不明白，開始玩起我的尾巴。

唔，必須再降低對話水平才行嗎？

喂，你喜歡吉峯嗎？

這次似乎聽懂了。茶虎一邊咬著我的尾巴一邊點頭。這個小傢伙，有點痛耶。我迅速將尾巴往上抬。

喜歡吉峯的話，你不想讓吉峯感到開心嗎？

茶虎學不乖地又抱住我的尾巴咬啊咬。都說很痛了。我抬！

吉峯好像希望貓可以捉老鼠喔。你如果成了一隻能夠捉到老鼠的出色貓咪，吉峯一定會很開心吧。

茶虎停止了咬咬咬。看來是產生了興趣。

不過，現在的你還辦不到。連一點邊也沒沾到。你這副樣子別說是老鼠了，連要捉到蜥蜴也是異想天開。所以呢——

你願意的話，我可以教你狩獵的基礎，怎麼樣？不光是狩獵，我也會訓練你，讓你和貓打架時不會輸。你如果每次打架都打輸，吉峯也會擔心吧。

這般耗費苦心地淺白講解後，茶虎似乎總算聽明白了。他端正坐姿，向我討教。很好很好，在貓的世界裡就該注重禮節。

我開始教導茶虎狩獵的初步動作時，悟開心地輕叫一聲。

「啊！吉峯，你看。他們開始一起玩了。」

「不是在打架嗎？」

「才不是，奈奈有手下留情喔。」

我們不是在玩，是上課喔。算啦，也罷。

「他們如果照現在這樣相處融洽的話，也許能請吉峯收養奈奈呢。」

嗯，反正我做著自己的事，你們也別在意我們，繼續聊天吧。

悟望著在我的指導下撲向老鼠玩具的茶虎，瞇起雙眼。

「乖巧文靜這一點也像極了我以前養的貓呢。」

就是說啊。這傢伙在該隱藏氣息的時候，尾巴太過強調自己的存在了。和我不一樣，柔軟伸直的尾巴就像直升機的螺旋槳一樣甩來甩去，簡直就像敲鑼打鼓又奇裝異服的街頭廣告人在打獵。壓低身子累積能量時的姿勢也太高了。

「奈奈呢？」

「我是在奈奈成年後才撿到他，所以不曉得他小貓時的情況。唯獨這一點我現在還是深感遺憾，當時一定很可愛吧。」

正是如此。說到我還是小貓時的可愛程度，連路人也爭先恐後向我進貢食物呢。甚至還有人一看到我，就連忙衝進便利商店買貢品獻給我，雖然是自己誇自己。

「說到這個。」

吉峯以忽然想起的口吻問：

「你後來有再見到以前養的那隻貓嗎？」

「很遺憾，我再也沒有見過他。他在我高中的時候過世了。」

這樣啊。吉峯回答，聲音流露出真誠的哀悼。

「當時要是可以見到面就好了。抱歉。」

「別這麼說，我才要向你道歉……我真的很感謝吉峯。我絕對不想讓阿姨知道事實。」

啊喲，悟，你國中的時候又幹了什麼蠢事嗎？

我吩咐茶虎自習剛才教過的步驟，豎耳傾聽兩人的對話。

🐾

父母順利辦了離婚，吉峯的親權由父親取得。因為吉峯希望與奶奶住在一起。也意想不到地避免了更改姓氏的不便。

父母就像得到了解脫般，各自前往國外工作，似乎都過得很好。吉峯也彷彿從一開始就與奶奶住在一起般，非常適應與奶奶相依為命的生活。

一年過去了，國中三年級的第一學期有校外教學，地點在福岡。

因為聽說過宮脇是在校外教學期間，父母出了車禍雙雙亡故，吉峯才會留意到宮脇的異樣。

宮脇從出發的時候起就一臉鬱鬱寡歡。第一天在福岡市內自由活動時，宮脇在向來一起行動的小團體中也沉默寡言。

吉峯相當擔心，宮脇是回想起從前而意志消沉嗎？但其他朋友也在，他遲遲沒有機會表示關心。

吃完晚餐，在飯店的紀念品區閒逛時，總算有機會兩人單獨交談。

「你沒事吧？」

宮脇露出了愁眉不展的表情，抬頭瞄向吉峯後，又垂下眼簾，接著心灰意冷地低聲說：「我在想現在能不能去小倉。」

從博多車站搭新幹線過去的話，應該只要二十分鐘就到了。論到不到得了，當然到得了。但是，前提是現在不是校外教學期間的話。

為了監督學生不要失了分寸，老師們布下了牢不可破的監視網。行程表也是以分為單位安排，一旦登記住房進了飯店，便全面禁止學生外出。始終有一名老師負責在玄關大門那裡站崗。

如果想溜出飯店晚上在外遊蕩，聽說還有可能被強制遣送回家。

一般想來，答案都是「不行」。但是，宮脇一向聽話又乖巧懂事，不可能無緣無故提出這種要求。

「為什麼？」

吉峯詢問後，宮脇依然愁眉苦臉地回答：

「我的遠房親戚住在小倉。就是收養我以前養的貓的人。」

是他父母還在世時養的貓。父母亡故後，由阿姨領養他時，他只能送走貓，最後由小倉的親戚收養。

「我阿姨很忙，我根本開不了口要她帶我去小倉見貓咪……我本來還想，能不能趁白天的自由活動時間想辦法溜出去。」

自由活動時間只有一小時，而且活動範圍受到了嚴格的限制。只要稍微想走出活動範圍，老師就會立即質問：「你們想去哪裡？」

「你這麼想見那隻貓嗎？」

於是，宮脇以勉為其難擠出般的聲音答道：

「他是我的家人。」

原來如此。吉峯雙臂環抱胸前。吉峯不曾養過寵物，對於貓這種動物也沒有偏好。

但是，對宮脇而言，那是隻曾與父母一同疼愛的貓，是在父母離開人世前，共有幸福時光的最後的家人。理論上吉峯可以明白。

那麼。

不過是隻貓，但又不僅僅是貓。有可能為了朋友心目中可說是這世上絕無僅有的一隻貓，就溜出管理之嚴格媲美軍隊的校外教學嗎？——當然是「有」。

「走吧。」

吉峯說完，宮脇反倒退縮。「可是……」

「距離熄燈還有三小時。你知道親戚的地址吧？」

一問之下，就在小倉車站旁不遠處的公寓。

「只要放棄洗澡，時間就非常充裕。而且還有旅行期間的零用錢。」

往返小倉的話，應該會花掉幾千圓。

「別告訴同組的同學了，否則形跡敗露的時候，他們也會有連帶責任。洗澡的時候跟他們說我們會晚點進去，叫他們先去洗，然後我們再溜出去。」

「要去的話，我一個人去吧。我不想連累其他人。」

「別這麼見外了。」

吉峯拍了一下他的後背，讓他閉上嘴巴。「謝謝你。」宮脇又像哭又像笑地低聲說。

校外教學禁止攜帶便服，因此服裝只有制服和睡衣兩種。兩人的睡衣都是運動服，於是決定穿運動服溜出去。總比制服不顯眼一點。

輪到他們這一組進浴池洗澡時，兩人佯裝還要花點時間做準備，請同寢室的同學先去浴池。

等了三分鐘後，走出房間。正門玄關有老師守著，從一開始就不考慮這條路徑，兩人走向已先試過的緊急逃生出口。防火門門把上套著安全塑膠蓋，一旦拆開便看得出來。如果有人發現塑膠蓋被拆掉了，老師會馬上開始點名吧。

「怎麼辦？老師他們巡邏的時候一定會檢查這裡。」

「往上面。」吉峯拉過滿臉愁容的宮脇一起搭進電梯。

「如果拆掉其他樓層的塑膠蓋，就不曉得是誰做的了吧。」

為了隔開喧囂吵鬧的學生，學生的房間都集中在一起。如果是拆掉一般客人進住樓層的塑膠蓋，就不會立即被發現。

五樓以上都是客房樓層，據悉校外教學的學生都住在五、六、七樓。在八樓走出電梯後，四下悄然無聲到教人吃驚，原來這間飯店如此安靜嗎？

「好，走吧。」

拆掉安全塑膠蓋，打開厚重的防火門，鋪著亞麻地板的簡樸樓梯往上下延伸。兩人衝下樓梯。

跑到一樓，走出樓梯間，看起來與工作人員用的出入口相連。兩人一臉行若無事地打算就這樣走出飯店時，有人叫住了他們。「喂！」

心頭一驚轉過身，是飯店的工作人員。

「你們該不會是校外教學的學生吧？」

吉峯在心裡咂嘴。看樣子是學校也拜託過工作人員，留意有無學生偷跑出去。

「並不是！」

吉峯瞬間回答。然後無視工作人員，準備走向外頭。

「等一下！」

工作人員卻追了上來。

「快跑！」

吉峯拔腿就跑，宮脇也緊跟在後。

「快攔下那兩個小孩！」

工作人員大喊後，障礙霎時增加，兩人四處閃躲逃來竄去，結果還是跑到了正門玄關。

站崗的是二年級時的級任導師。——即是那位愛同情人的美女老師。

「吉峯同學，宮脇同學！你們在做什麼！」

宮脇本來心想可能要就此放棄了。

「衝過去！別管三七二十一了！」

但吉峯大聲怒吼，宮脇也不遑多讓地加快速度，穿過了慌忙張開雙手想阻止兩人的美女老師身旁，一股腦衝進外頭的熙攘人潮。

「哈哈哈！」

兩人不約而同笑了起來。早知如此，一開始就從正門衝出去也一樣。

擺脫追兵後，宮脇一面奔跑一面說：

「喂，就當作是我想晚上閒晃才偷溜出來吧。」

「嗯。」

走在陌生的街道上，一路向人問路，大約二十分鐘後抵達了博多車站。

兩人正準備在ＪＲ的綠色窗口購買前往小倉的車票。

「喂，你們兩個！」

粗野的咆哮聲響遍四周。是學生輔導組的體育老師。

兩人瞬間衝刺逃出了售票處，但吉峯的運動服下襬卻被捉住。他掙扎著想要逃脫時，趕來的其他老師也捉住了宮脇，一切宣告結束。

「先不說吉峯，怎麼連宮脇也跑出來！你被慫恿了嗎？兩個蠢蛋！」

學校方面的認知大概就是這樣。

事後才聽說，老師們擔心兩人如果跑到遠方，事態將會不可收拾，於是率先前往最近的車站擋下兩人。

還以為混進人潮後能夠爭取時間，這下子可以放心了，但早知如此，真該搭計程車馬不停蹄地趕往博多車站。縱然悔不當初，但也為時已晚。

兩人被叫到老師們的房間，劈頭就是狠狠一頓臭罵。

「你們想跑去哪裡！」

老師逼問，但兩人並未串好口供。該怎麼收拾這個局面？誰要先開口？兩人互相使著眼色時——

「宮脇同學。」

在場的美女老師開口說話了。

「難不成你覺得參加校外教學很痛苦嗎?」

愛同情人的美女老師,拜託了,快住口吧。不要胡亂揣測,別用那種理由袒護宮脇。

宮脇最討厭這種事。

「不是的。」

宮脇語氣平淡地回答,但臉色變得慘白。

「我只是想晚上跑出去玩而已,是真的。」

「別說謊了。宮脇同學不是那樣的孩子吧?」

吉峯險些失笑出聲。老師,妳又了解宮脇多少了?

就當作是我想晚上閒晃才偷溜出來。——宮脇不想被人知道,自己是為了見貓一面才想去找小倉的親戚。

「宮脇,對不起。別再隱瞞了。」

吉峯豁出去地說。老師們的視線一致從宮脇轉到吉峯身上。

「老師,是我。因為我無論如何都想吃長濱拉麵,才會跑到車站問路。」

美女老師,轉過來吧。妳可以投注同情的對象還有一個。

「我和已經離婚的父母曾在天神的路邊攤吃過拉麵。因為來到了附近,想起了父母，我突然覺得很懷念。宮脇才陪著我一起溜出去。」

生離死別與離婚雖然情況不同，但都是被迫與父母分開。寂寞的孩子互相安慰這個理由夠充分了。

美女老師，妳喜歡這種故事吧？

「吉峯……」

宮脇想說些什麼，但吉峯以一句「真的沒關係」打斷。夠了，你閉嘴，不想這世上獨一無二的愛貓被人廉價地當作同情材料的話。

老師們一臉凝重地陷入靜默。顯然正為了難以動怒的發展而不知所措。

「……我明白你的心情，但規定就是規定。不論有什麼苦衷，都不能在校外教學期間擅自行動。」

體育老師愁眉苦臉地如此下了結語。真是循規蹈矩的老師。

最後只要低頭道歉就好了。老師們也聯絡了兩人的監護人，顧慮到其他學生，於是處罰兩人在走廊上跪坐直至半夜。

校外教學結束，一回到家，吉峯立即懇求奶奶。

「奶奶，拜託妳，這是我一輩子的請求！」

他希望奶奶打電話向宮脇的阿姨致歉。針對自己連累了宮脇一事致歉。

奶奶知道孫子根本不曾與父母一同去天神遊玩，但一句也沒有過問，照著他的話做了。

「不好意思啊，都怪我家大吾，害得小悟也被老師責罵。」

「不，我才不好意思。」宮脇的阿姨很惶恐。

「吉峯同學本來打算放棄了，好像是悟還強行帶他出去。」

看來宮脇是如此向阿姨解釋。

「奶奶，謝謝妳。」

「沒關係。」

奶奶笑吟吟地說。

「因為你們不可能無緣無故就違反校規呀。」

柔軟的硬塊梗住了喉嚨。

多虧了這般通達事理的溫柔長輩是自己的家人，他也能一輩子敬愛對自己近乎漠不關心的父母吧。

將近十年前奶奶去世了。當時的歲數稱得上是壽滿天年。

宮脇國中畢業的同時搬了家，但兩人始終保持聯繫。通知了宮脇後，儘管路途遙遠，他仍是前來參加喪禮。

「不好意思，還勞煩你特地跑一趟。」吉峯說。「她也算是我的奶奶吧？」宮脇微微一笑。吉峯也笑著點頭，壓下湧出的淚水。

身為喪主的父親自然沒有接手農務的意願，打算將土地和房舍託付給鄰近的親戚。奶奶行動不便以後，水旱田一直是託給親戚掌管，所以這樣的發展順理成章，但吉峯主動表示想繼承田地。

既賺不了錢，也娶不到老婆，勸你最好放棄。親戚擔心地勸阻他。不甚關心孩子的父親依然任由吉峯隨心所欲。

「不過，正如親戚的預料，都娶不到老婆呢。」

「如果我是女人，絕對不會錯過你喔。」

「如果有女人的價值觀跟你一樣，麻煩介紹一下。」

吉峯說，一邊將燒酒倒入自己的杯子裡。傍晚去了一趟農田後，晚上開始小酌。

宮脇只有起初陪他一起喝了啤酒，之後就喝麥茶。宮脇從以前酒量就不算好，但最近好像更是不勝酒力。

「明天回去以前，我能不能為奶奶掃墓上香？」

「好啊，奶奶也會很高興。」

奶奶的墓在後山，開小卡車不到五分鐘。

難得久違的朋友來訪，吉峯本想徹夜長談，但早睡早起的習慣已經根深柢固，終究沒能撐過晚上十二點。

悟和吉峯一大早就開車出門了。不是開銀色休旅車，而是吉峯的小卡車。

是去昨天說的奶奶的墳前上香吧。

那麼，我也要進行最後的加強了。喂，茶虎。

你還記得我昨天教的吧？要複習吵架的做法囉。

我緊皺起鼻頭，讓耳朵往後倒。來吧，看見生氣的貓以後，該怎麼做？

茶虎和我一樣緊皺起鼻頭，垂下耳朵，身子彎成弓形，膨起背上的毛和尾巴。

不錯、不錯，做得很好。

好了，接下來是最後的測試。我一做出生氣的表情，你就要立即擺出戰鬥姿勢。讓吉峯對你刮目相看吧。聽好了，測試要持續到我們離開為止。別鬆懈了。

茶虎幹勁十足，這時悟和吉峯回來了。

我算準了兩人走進房間的時機，督促茶虎做出戰鬥姿勢。

茶虎猛然膨起全身的毛和尾巴，看起來簡直就像爆炸的絨毛，卯足了勁想讓吉峯看見自己的英姿。

「奇怪了！」

悟無比困惑地大叫。

「昨天明明處得很好啊，怎麼突然變成這樣？」

天曉得。小貓向來反覆無常，可能是他改變心意了吧。

「是過了一晚就忘了嗎？」

吉峯也不解地側過頭。

「總之先看看情況吧。也許只是心情不好。」

悟預計上午出發，但留戀不捨地一直待到了中午過後。還大費周章地先將我和茶虎帶開到不同的房間。

不過，很遺憾，茶虎的測試會持續到我們離開為止。每當我催促，茶虎便全身擺出戰鬥姿勢。雖是小貓，氣勢倒是十足。嗯，照這樣下去，將來真是大有可為。不過，狩獵可能還是差強人意吧。

「你先把他留在這裡，自己回去如何？也許他過幾天就習慣了。」

結束上午的農務工作，回到家裡的吉峯如此提議，但悟垂下肩膀。

「不，奈奈也生氣地待在籠子裡不肯出來了，恐怕有些困難。雖然很可惜，但如果始終合不來的話，對兩邊來說都太可憐了……」

「是嗎……真遺憾，他是隻好貓呢。」

吉峯，我不討厭你，可別怨我喔。

我還不打算從那輛銀色休旅車下來。

悟似乎還無法完全死心，但看見茶虎生氣得露出了堪稱猙獰的可怕表情，終於宣告放棄。提著裝有我的貓籠，坐進銀色休旅車。

「真的很可惜呢。」

「你嘴上這麼說，看起來倒是有些開心喔。」

吉峯促狹地說，悟「唔」了一聲，似乎被說中了。

「這個嘛……畢竟我捨不得與奈奈分開也是事實。」

「既然這麼疼愛他，為什麼非得送人不可？」

哇哦，吉峯，真是單刀直入。跟初次見面時就把手伸進我籠子裡一樣直接。

悟面有難色地默不作聲，沒有回答。「嗯，算啦。」吉峯也放棄追究。

「有困難的話，就來這裡吧。雖然討不到老婆，也賺不了錢，但至少農家不愁沒食物可吃。」

「可是，茶虎和奈奈……」

「他們又不是互相殘殺，到時強迫他們住在一起就好了。明明是動物還管他們合不合得來，也太狂妄了吧。」

「太亂來了啦。有可能會壓力大到掉毛耶。」

「真的不行的話，我再替你準備村裡的一間空房子吧。這裡有很多房子一直沒人住的話，也只會腐朽積灰塵，反倒很樂意免費借給別人住。村子也很積極招徠年輕人。」

「謝謝你。」悟笑著說，但聲音帶有一些鼻音。

「如果我真的窮途潦倒，到時候一定會來。」

「嗯，我等你。」

悟在坐進休旅車前，與吉峯用力握手。

「謝謝你。可以為奶奶掃墓上香，我很高興。」

「我才要謝謝你。奶奶也很高興喔。」

「再見了，你要保重。茶虎也是。」

坐進休旅車，發動車子之前，「對了。」悟喃喃說道，降下車窗。

「吉峯知道我以前養的貓叫什麼名字嗎？」

「不曉得。」

「他叫小八。長得和奈奈一模一樣，有八字形的斑點。」

「然後奈奈因為尾巴的形狀像7，就叫奈奈。」

吉峯噗哧笑了起來。

「你還說茶虎這個名字沒有創意，你的命名方式也很隨便嘛。」

以外表取名 vs. 諧音，真是半斤八兩呢。

悟最後輕輕按了按喇叭，離開了吉峯家。

「奈奈，你這樣不行喔。怎麼能生小貓的氣。」

哼哼，想把我丟下再自己回去，休想稱心如意。

「……不過，可以一起回家，我也有些鬆一口氣。」

我早就知道了。

「之前跟你說好了，那我們先去海邊再回家吧。」

好耶！會有多少雞胸肉和海鮮湯汁口味裡的海鮮呢？

悟中途去了一趟便利商店，結帳的時候順便問了路。

「附近好像有海岸，我們就去那裡吧。」

於是銀色的休旅車駛向海岸。我懶得走進籠子，讓悟抱著我前往海邊。

悟一步步走下通往海岸的坡道。然而——

「喂，奈奈，你怎麼慢慢豎起了爪子？很痛耶。」

不不不不，還問我為什麼。

這陣像是地鳴的聲音是什麼？好像是我從來沒有聽過的聲音喔。這種壓迫感非常強烈的轟隆聲是怎麼回事？

遼闊的大海在眼前攤開。難以計量的海水不間斷翻滾撲來。

「奈奈，你看，是大海耶！海浪真是有趣。」

有趣⁈哪裡有趣了?!竟然說這種伴隨著壓倒性力量的永恆水之運動有趣，人類未免太悠哉了吧！我不曉得人類做何感想，但一般情況下，貓一旦被捲進去就會翹辮子喔！

「去海浪邊看看吧。」

不行————！

「啊，奈奈！好痛！好痛！」

我鑽出悟的懷抱，一逕想往高一點的地方跑，一骨碌爬到了悟的頭頂上。

「爪子！奈奈，別用爪子抓我的頭！」

不行，單靠悟的頭還不足以確保我的安全！喝！

我往悟的頭一蹬，躍下地面，一溜煙飛快奔向遠離海邊的方向。

「啊，奈奈！」

我一鼓作氣爬上了附近的斷崖，在從岩表往外傾斜生長的松樹樹根上縮成一團。很好，確保安全完畢！

「真是的，竟然爬到那麼高的地方去……快下來！」

不要！要是一不小心被海浪捲走，會死翹翹的！

「奈奈！你不從斷崖下來的話，要我爬上去有點困難耶！」

最後，是悟費了九牛二虎之力爬上斷崖，才將我接了回去。

就這樣，我在初次造訪的海邊學到了新的教訓。

大海就該遠觀遙想[6]。

海鮮不該由貓自己取得，吃人類準備的海鮮就夠了。

「頭上都是抓傷，這下子洗頭的時候會很痛吧。」

悟嘀嘀咕咕抱怨，但沒多久輕聲笑了起來。

「不過，沒想到奈奈這麼怕海。看到了你意外的另一面，就不跟你計較了。」

離得遠遠地欣賞的話，我倒是很喜歡大海喔。

休旅車沿著海岸線輕快前進。我望著閃閃發亮的碧色海面，快活地豎起尾巴。

如果沒有這趟旅程，我永遠也不會看見真正的大海。我的世界以悟的房間為中心，活動範圍只有那麼一丁點大。以貓的勢力範圍來說還算寬敞，但與這個廣闊浩瀚的世界相比，渺小得不值一提。

這個世上，多得是貓在死去之前不曾看過一眼的景色。

欸，悟。

啟程之後，我見過了兩處悟長大的地方。看過了農村，也看過了大海。

接下來在這趟旅程結束之前，我們還能一起看見哪些風景？

6. 譯註：這句話的原文改自日本詩人室生犀星的著名詩句「ふるさとは遠きにありて思うもの」（故鄉就是身在遠方才會深深繫念的所在）。

Report-03

杉與千佳子

「緊臨富士山的絕景民宿，與可愛的寵物一同放鬆歇息」。以這句話為宣傳標語，杉修介與妻子千佳子開始經營民宿已過了快三年。

當年適逢就職的公司每況愈下，老闆向所有員工試探性地提出了自願離職制度。正巧千佳子娘家經營的果園旁邊有棟民宿低價出售，便包含裝潢買了下來，重新開張。因為兩人認為，能以較便宜的價格介紹房客去果園採水果是一個賣點。再加上妻子娘家的果園也表示會介紹想在附近投宿的房客，更是促使兩人下定決心。

結果，願意提供給寵物住宿，成了民宿最主要的賣點。最大功臣是千佳子。

她將一樓、二樓，還有占地內的小屋區分開來，讓帶小狗的房客與帶貓咪的房客能夠分開進住。狗與貓在各自的住宿樓層內，只要能與其他小狗小貓和平共處，即使不繫著牽繩或放進貓籠，也能自由舒展身心。但是，與其他小狗或小貓處不處得來，就由飼主們自行定奪。

附近少有民宿可以同時接納狗和貓，兩者相較之下，願意接納狗的住宿設施更是壓倒性地多。還算有規模的旅館，有些也能夠同時接納兩者，但通常在共住的樓層裡都規定必須使用牽繩和貓籠。

「可是——」

千佳子在以可以接納寵物的前提下商量民宿事務時，如此主張：

「絕對也有養貓的人想帶著貓咪一起出門。所以我覺得可以讓貓住得舒舒服服的民宿很不錯。」

這是愛貓人士才會想到的提議。真要說的話，杉自己比較喜歡小狗，所以當初對於妻子的提案感到不解，但三年過去後，不得不承認妻子慧眼獨具。

附近除了娘家，也有不少果園和酒廠，在縣內算是觀光業興盛的地區，但很少有提供給貓無壓力住宿的旅館。透過口耳相傳再加上回頭客，養貓的住宿房客日漸增加，現在反倒是帶貓前來的房客比較多。

由於可以見到各種貓，千佳子總是笑容滿面地招待客人——但今天的客人，肯定是她至今最高興見到的一位。

千佳子在二樓日照最好的雙人房裡鋪好床後，抱著換下的床單，哼著歌走下樓梯。

「妳看起來很高興呢。」

杉不加思索地這麼說，卻莫名帶有鬧彆扭的口吻，一時心慌。千佳子也訝異地歪過頭。

「你不高興嗎？宮脇第一次帶貓過來喔。」

「高興啊。」

杉急忙掩飾。

「我是擔心不曉得和我們家的動物合不合得來。」

做為民宿的招牌寵物，杉家養了一隻甲斐公犬和一隻深棕色的雜種虎斑母貓。甲斐犬三歲，名字叫作虎丸。深棕色虎斑貓十二歲，叫作小桃。虎丸這個名字取自甲斐犬獨特的虎毛，小桃是因為娘家果園的主要作物是桃子。

「你真愛操心耶，我們家的孩子早就習慣有客人了，你放心吧。」

千佳子哈哈大笑，但杉接著又說：

「宮脇來是為了把貓交給我們。他可能不會太開心吧。」

高中之後的共同朋友宮脇悟希望他們能收養他養的貓，即將登門造訪。

杉收到了簡訊，文中寫著雖是他非常疼愛的貓，但因為有不得已的苦衷無法再飼養，正在尋找新的飼主。

宮脇沒有說明不得已的苦衷是什麼事，但杉在報紙上看到了某間企業集團決定大規模裁員的報導，所以沒有詳細追問。記得宮脇任職的公司就是那間企業的分公司。

那麼大間的公司都會裁員了，更何況是我以前待的公司——杉恍惚出神地想著。儘管是被當地的企業解僱，但我是在最有利的時期被迫辭職，自己還算運氣好吧。

「可是，由我們收養的話，隨時都能還給他吧。」

千佳子如此說完，笑了起來。

「我認為我們只是代為照顧而已。當然，託管期間我還是會好好疼愛貓咪。」

隨時都能還給他。我們只是代為照顧。——杉完全沒有這麼想過。千佳子總是樂觀積極，事情都往好的方面想，和杉截然相反。說是行事謹慎還算好聽，但其實自己常常淪為悲觀消極。

兩人的父母彼此感情很好，因此從小就是青梅竹馬，打從孩提時代，杉一直深受個性與自己大相逕庭的千佳子吸引。

「這麼突然要把貓送人，一定是非常不得已的苦衷吧……不過，宮脇的話，總有天會再接貓回去的。」

千佳子似乎無條件地相信，宮脇對貓的愛會克服所有困難。在喜歡貓這一點上，他們兩人從以前就很有共鳴。

千佳子抱著床單走進盥洗室。「小桃，快下來。」看來是貓睡在洗衣機上了。

「宮脇的貓叫作奈奈唷，跟他好好相處吧。」

千佳子唱歌似的對貓說完，又大叫了聲。

「對了！老公，也向小虎說一聲吧。」

狗與貓都是同等重要的寵物，但夫妻倆仍不知不覺間決定了彼此的職責。真要說起來比較喜歡貓的千佳子負責照顧小桃，同樣真要說起來比較喜歡狗的杉負責照顧虎丸。

家裡發生大事的時候，也一定要告訴狗和貓——是千佳子提倡的杉家守則。

杉在玄關穿上涼鞋，走出屋外。白天天氣晴朗時，會讓虎丸待在以柵欄圍起庭院的專用空間裡。狗屋是請擅長木工的岳父幫忙建蓋的。

「小虎！」

揚聲叫喚後，虎丸用力搖著捲尾衝了出來。虎丸的跳躍力幾乎能夠飛越做得較高的柵欄，因此有房客入住時，為了以防萬一，還得用牽繩將他繫在狗屋旁邊。將虎丸讓給他們的愛狗人士對杉說明過，甲斐犬分成適合追鹿的細身鹿型和適合追山豬的粗身豬型，虎丸是典型的鹿型。

由於這一兩天除了宮脇沒有其他客人，這時沒有繫上牽繩。

「宮脇傍晚會過來。就是我們常常聊到的那個朋友。」

會飼養虎丸，是三年前開始經營民宿的時候。恰巧那時起宮脇因為被調到了繁忙的工作崗位上，一直沒有時間過來玩。杉偶爾會為了採購食材等要事去東京一趟，所以還有見過幾次面，但千佳子確實已睽違三年沒有見到宮脇，虎丸也是第一次見到他。

看宮脇總是百忙纏身，還以為公司也很器重他，但整頓人事時，會考量到很多因素吧。

「雖然是初次見面，但你可以和宮脇及奈奈好好相處吧？」

杉用力摸了摸虎丸的頭，虎丸以喉嚨發出「咕」的聲音。能夠這樣子粗魯地撫摸，正是狗的樂趣所在。如果這樣子對貓咪小桃，爪子眨眼就會飛過來。

「要好好相處喔，麻煩你了。」

虎丸直直地望進杉的眼底，又用喉嚨深處發出了「咕」的一聲。

今天銀色休旅車裡沒有播放鴿子好似會跑出來的音樂。

是偶爾也該讓音響休息嗎？相對地播著廣播。從剛才起，聲音聽來文質彬彬的年長男性相當激動地介紹一本書。職業好像是演員。

說話語氣雖然優雅，卻不停過於用力地說些「超級」、「亂七八糟」等生動的詞彙，看來他真的「超級」喜歡書呢。連一介貓兒的我聽了，也忍不住會心一笑。

不過，不管再好看，我都無法看書。正如之前說明過的，多數動物在聽力方面幾乎是精通各種語言，但閱讀文字就超出我們的能力範圍了。讀書寫字是人類獨有的特殊語言體系。

嗯，既然兒玉先生推薦了，那我下次看看吧——悟自言自語著。待在家裡的時候，比起看電視，悟看書的時間更長。有時還會一邊翻書一邊眼眶泛淚呢。當我目不轉睛地望著他，他就會一臉困窘：「別盯著我瞧啦。」

大叔熱切地介紹書籍的節目結束了，不一會兒，開始傳來某首童謠。

頂端在雲彩之上，放眼俯瞰四方群山……

偶爾聽這種緩慢抒情的歌曲也不錯呢。雖然旋律讓我有點想睡。

底下雷聲轟隆作響……

哦，那還真高呢。

富士是日本最高的山……

哦？聽到最後一個字，我伸手搭向副駕駛座的車窗，踮起腳尖。

從剛才起，車窗外邊一直坐鎮著一座三角形的大山。

「哦，奈奈，難不成你聽懂了？」

都說人類太小看我們的語言能力了。不過是會讀書寫字，就那麼趾高氣揚。

「沒錯，這是富士山的歌喔。時機真巧。」

在可以完全看見山腳下有著大片原野的那座三角形大山時，悟告訴我：「這是富士山喔。」

明明單看電視或相片，只是扁平的三角形，實物卻有著彷彿要緊壓而來的壓倒性存在感。

悟接著又做了不少說明，諸如富士山是日本最高峰，標高三七七六公尺，記住標高的諧音語是「大家都長得像富士山一樣高吧」[7]。單論標高的話，全世界還有許多更高的山，但以獨立山峰的高度來說是世界罕見云云，但這些資訊貓根本覺得無關緊要。

用不著長篇大論，見到以後，我也明白富士山為什麼那麼了不起。怪不得會被唱成歌謠。

果然百聞不如一見。如果始終只在電視和相片中看過的話，永遠會以為不過是一座扁平的三角形山頭。就像至今在我心目中的富士山一樣。

光是巨大，就是一種價值。跟貓只是體型大一點、一生就會過得比較順利一樣。

話說回來，真是太壯觀了。

全日本究竟有多少貓親眼見過富士山呢？若不是住在這附近，想必寥寥可數吧。

我們的銀色休旅車簡直是魔法車。每一次坐進去，都會帶著我前往未知的新地方。

此時此刻，我們無疑是最強的旅人，和最強的旅貓。

休旅車駛離大馬路，進入綠意盎然的林子。

散布在道路兩側的群樹枝頭上都綁著無數白色紙袋。聽說是用以包住桃樹的果實，有除蟲、讓果實長得更好等用意。

駛進路面傾斜的岔路，休旅車走的道路就更是彎彎曲曲了。——不久之後，前方可以看見由白色牆壁和木材建造而成的偌大房子。

「奈奈，到了喔。」

7. 編註：原文為「富士山のように皆なろう」，日語「皆なろう」與數字「三七七六」的日語發音相近。

這麼說來，這裡就是悟口中的民宿吧。是一對友人夫妻經營的提供寵物入住民宿，聽說今天由我們包下來。

休旅車停進劃成了十個格子的停車場，一名和悟同年紀的男子從民宿中走出。

「杉！」

悟一邊從休旅車裡拿出行李一邊揮手，杉也輕輕抬手回應。

「行李有哪些？我幫忙拿吧。」

「要住一晚而已，所以除了奈奈外只有替換衣服。」

杉拿著悟的行李包，悟提著裝有我的籠子，登上通往玄關的緩坡。

「哇，很漂亮的民宿嘛。這裡是小狗運動場嗎？」

坡道途中規劃了一處還算寬敞的附柵欄空間。底部似乎有狗屋。

「因為我們也開始養狗了，心想有個空間讓他可以動動也好。」

「記得你們新養的狗是甲斐犬吧？」

我在籠子裡頭動了動鼻子。嗯，這個教人討厭的味道確實是貓永遠的天敵，狗的氣味。

我從籠子的縫隙間往外看，一隻面色不善的虎毛犬筆直地站在庭院裡，挑釁地望著這邊。

「嗯，他叫虎丸。」

「和貓住在一起沒關係嗎？」

「喂，喂，我們家還有小桃呢。而且帶貓來住宿的客人也很多……」

「對喔，說得也是。」

悟已經告訴過我，這戶人家還養著名叫小桃的老淑女貓。年紀是我的兩倍大。不知道和還年輕氣盛的我聊不聊得來。

「嗨，你好啊。虎丸，請多指教囉。」

別理狗啦！我在悟提著的籠子裡滿臉不高興。

名叫虎丸的甲斐犬狠瞪向我們，露出白色牙齒發出「咕嚕嚕」的低嗥。

「咦？他心情不好嗎？」

悟才剛歪過頭——汪！虎丸就朝著悟吠叫一聲。

「嗚哇！」

這下子連悟也慌得向後仰。——這混帳，別開玩笑了！

我在籠子裡倒豎起全身的毛。

想找悟吵架的話，高傲的貓如我，可不會袖手旁觀！不想鼻頭被刮花的話，就快點道歉，這隻臭狗！

「小虎！」

杉厲聲怒斥，但臭狗不服似的依然發出低吟。

「奈奈，我沒事，你別衝動。」

悟也出聲安撫我。會從外頭按住貓籠蓋子，大概是知道我不惜與臭狗單挑吧。

「抱歉，他平常不會這樣。」

「不，我才不好意思……可能是我做了什麼惹虎丸不高興的事吧。」

「怎麼了嗎？」這時，一個女人從玄關衝了出來。腰上圍著圍裙，是個看起來活潑開朗的美女。

「小虎生氣了嗎？」

「沒什麼大不了啦。千佳子，好久不見了。」

悟說著揮了揮手。

「宮脇！對不起喔，你沒事吧？」

「沒事沒事。因為貓狗很少對我生氣，所以我才有些嚇了一跳。」

沒錯，悟是動物幾乎不會感受到壓力的人類，路上遇到小狗小貓，通常也都喜歡與他親近。

這麼無禮地對悟狂吠的狗還是第一次遇到。

「真的很抱歉。」

杉向悟致歉，再一次訓斥臭狗：「不可以這樣！」臭狗發出呻吟，垂下捲捲的尾巴，活該！

沒關係、沒關係，悟急忙打圓場。

「是隻非常可靠的好狗狗呢。是覺得我看起來有點可疑吧。」

悟往柵欄內部伸長手，搔了搔臭狗的脖子。臭狗乖巧地任悟撫摸，但我清楚得很，他其實是百般不情願的。敢再對悟露出牙齒試試看，我隨時都奉陪。

臭狗與我火藥味十足地互相表露了敵意，但悟帶著我走進屋內後，也就自然而然暫時休戰。

然後在帶領下走進了二樓日照充足的房間。

「放好行李就下來吧。」

千佳子說完，咚咚咚地走下樓梯。

那麼，參觀一下房間吧。我從籠子內部巧手扳開蓋子，敏捷地鑽了出來。鋪著木板的房間清爽整潔，貓待起來也相當舒適。

「哦。小桃，妳好啊。」

聽到悟的聲音，我回頭看向房門口。一隻深棕色的虎斑母貓儀態高雅地坐在那裡。年紀是我的兩倍大，但身子骨依然保有彈性。

幸會，小桃以與高貴深棕色虎斑花紋相稱的高貴嗓音寒暄。

看來你馬上與虎丸交手了一次呢。

我哼了一聲。

真是沒有禮貌的狗。竟然向對他友善打招呼的人類怒目相向，太沒有教養了吧。

我狠狠冷嘲熱諷一番後，小桃微微苦笑。

請你原諒他吧。你很珍惜主人，虎丸也一樣很珍惜主人。

因為很珍惜主人，就對主人的朋友狂吠嗎？簡直莫名其妙。大概是看出了我的不服氣，小桃再次苦笑。

還是莫名其妙。但基於對年長女性應有的禮儀，我沒有反駁。

「好像可以和小桃好好相處呢。」

宮脇下樓走到兼作大廳的起居室，笑著指向二樓。

「他們正在房裡互相交流。之後要是虎丸也願意打成一片就好了。是不是不高興我帶貓過來？」

「但他應該已經習慣了帶貓來的客人啊……」

千佳子歪著頭，端出以庭院香草泡的茶。

「老公，你確實向虎丸說明過了嗎？」

千佳子故作誇張地詰問，杉嘶起嘴唇回道：「有啊。」會略微加強語氣，是因為掠過胸口的心虛。

要好好相處喔。杉這麼說時，直直望著他雙眼的虎丸為什麼會對宮脇吼叫？莫非被看穿了嗎？自己心中隱藏著會被看穿的某種思緒嗎？

「哦，這個茶真好喝。」

宮脇小口喝了香草茶後低聲說，千佳子隨即笑容滿面。

「太好了！客人的評價也很好喔，是在庭院裡種的香草。」

緊接著千佳子目光銳利地瞪向杉。

「哪像這個人，我第一次泡香草茶給他喝的時候，竟然說很像在喝牙膏。」

剛結婚時，他才那麼一次不小心說溜嘴，千佳子卻記恨到現在。對比之下，宮脇的回答真是可圈可點，杉常常很想向他看齊，卻又羞於坦率說出讚美之詞，怎麼樣也學不來。

「喝起來有點甜呢，裡面加了什麼？」

「我加了甜菊。」

「啊，原來如此。」

「可以跟宮脇聊這種話題，真是太開心了！」

反正跟我就是不行啦，杉在心裡鬧彆扭。一般而言，男人聽到香草的種類，都無法理所當然似的應和。

「民宿看來經營得很順利呢。」

「託你的福。鎖定帶貓住宿的客群好像做對了。」

杉一說完，千佳子就挺起胸膛：「是我提議的喔！」「是是，都是老婆大人的功勞。」這時候要保全老婆的面子。

「倒是你沒事吧？那個……像是突然把貓送人。」

由於在簡訊裡不好開口，他決定等見面時再問。

「嗯，是有點事情……」

宮脇為難地笑笑，看起來比以前蒼老了些許。想必很疲倦吧。

「我聽說你任職的那間企業集團決定大規模裁員。」

「嗯，是啊。不過，其他也有很多因素。」

難不成是私事？杉如此心想時，千佳子悄悄朝他使了個眼色。我知道啦，他也以眼神回應。宮脇似乎不希望別人追問太多。

「你們願意收養奈奈，真的幫了我很大的忙。目前為止也有好幾個人願意收養，但見過面以後，結果都不太順利。」

「宮脇，我先聲明喔。」

千佳子端正坐好。

「我們只當作是代替你照顧貓而已。當然我們會好好愛護奈奈，但等你事情解決，還想再和他一起生活的話，隨時都歡迎你把他接回去。」

宮脇露出受到衝擊的表情，緊接著一瞬間嘴角扭曲，低下頭去。

杉和千佳子曾在以前見過他這種扭著嘴角壓抑情感的表情。

杉還以為那幅光景又要重現，但宮脇抬起頭笑了。

「謝謝你們。很抱歉我這麼任性，但很高興聽到你們這麼說。」

現在雖是夫妻倆共同的朋友，但先結識宮脇的人是杉。

高中一年級的春天，三個人都在同一班。

杉開始用千佳子的姓氏咲田叫她，已經過了好幾年。兩人是青梅竹馬，從小他就叫她千佳子，千佳子叫他小修，但自從周遭有人對此加以嘲笑後，杉就不再直呼千佳子的名字。

他也拜託過不高興地質問原因的千佳子用姓氏杉叫他，但千佳子堅決不肯答應，照樣喊他小修。這讓他感到難為情，也很開心。

在新教室裡，同所國中畢業的學生們姑且聚在一起，暗暗察言觀色，思索著該如何擴大朋友圈，但宮脇在班上並未與任何人成群結隊。他在各個小團體間打轉露面，開心地談天說笑，似乎沒有同所國中畢業的老同學。

事後才知道，宮脇是在春假期間從他縣搬過來，參加了轉學考試，所以沒有半個認識的人。

為了交朋友，我可是絞盡了腦汁呢，宮脇笑著這麼說過。

互相敞開心房的契機是第一次定期考試那時候。

杉熬了一個晚上念考試範圍，大腦裡塞滿了算式和英文單字。為了不讓過大的震動震掉記住的東西，他慢吞吞地騎著腳踏車前往學校。

然後在上學途中發現了熟悉的臉孔。他心想是同班的宮脇，便向他靠近。宮脇走下了腳踏車，杵在寬敞的排水溝旁。

雖說是排水溝，但也是兩側以水泥築起的水渠，流著足以說是小河的農業用水，深度也有一個孩童那般高。宮脇神色認真地低頭看著那條排水溝。

杉很好奇他在做什麼，但當下時間已經所剩不多。眼神交會後，他只是點頭致意，本想錯身而過，但又覺得之後會很尷尬，過了一段距離後停下腳踏車。

「你在做什麼？」

出聲詢問後，宮脇詫異地看向他。是以為他會就此揚長而去吧。

「嗯，我發現了讓人有些苦惱的東西。」

宮脇伸手指著的水渠中，有隻小型犬正瑟瑟發抖地站在原處。小狗勉強爬上了沙石與泥土堆積而成的小小沙洲，白茶兩色交雜的蓬鬆毛皮被水打濕，服貼在身體上。

「是西施呢。」

千佳子家剛好也養了西施，他才會知道品種。千佳子家經營果園，全家人都非常喜歡動物，從小就經常飼養一隻以上的貓狗做為招牌寵物。杉從以前就很羨慕他們那種隨心所欲的養寵物方式。

杉家是住在公司員工宿舍的平凡上班族家庭，母親又有過敏體質，只容許他養金魚或烏龜這種沒有毛的動物。杉從小嚮往養小狗，但願望不可能實現，經常是在千佳子家紓解飼養寵物的渴望。

「是從其他地方掉下去的吧。」

應該吧，宮脇也點點頭。附近沒有可以通到水渠底部的階梯和走道。

「左看右看，都不像是會養在戶外的小狗，應該是溜出家裡，結果迷路了吧……」

的確，在千佳子家，白天會讓西施在果園裡奔跑，討採果客人的歡心，但晚上會帶回家，讓小狗待在屋裡。

「沒關係，你先走吧。」

宮脇如此催促，但杉不得不三思而後行。要是他對迷了路掉進水渠的小狗見死不救，事後不小心被人發現，千佳子肯定會氣得吹鬍子瞪眼睛。

「不過，畢竟很讓人擔心嘛。」

杉邊看手錶邊走下腳踏車。雖然免不了遲到，但只要在第一節課開始前趕到學校，還能參加考試。

「快點解決這件事吧。」

宮脇開心地笑了起來。

「杉真是好人。」

他只是擔心千佳子會生氣，因此聽到讚美後渾身不自在。

「走下去的話，直到腳踝都會濕透吧。」

不論從排水溝的哪一邊下去，都無法跨一步就走到西施犬呆站著的沙洲。水裡密密麻麻地長滿了水草，看不見底部的模樣，讓人不敢輕易光著腳走下去。假使底下有玻璃就糟了。

忽然間，重疊地棄置在路邊的長形木板躍入眼簾。看似是鷹架等東西拆除後的殘骸。

「借用一下那東西吧。」

杉跑上前，抽出一塊長度剛好的木板。

「傾斜地放在小狗附近的話，他說不定會當成橋爬上來……」

「是啊。」

然而，將木板擺在西施犬正前方後，他卻沒有爬上來。兩人齊聲呼喚，他卻依然待在原地瑟瑟發抖，一動也不動。

「他該不會看不見吧？」

宮脇臉色凝重地說。

「你看，從側邊透著光看過去，他的眼睛很渾濁。說不定已經有白內障了。」

娃娃臉的小狗很難看出年齡，但經宮脇這麼一說，毛皮也確實有些褪色。

「真虧那傢伙至今都平安無事！」

附近也有車流量大的國道，沒被車子撞到簡直是奇蹟。會掉進水渠，鐵定也是因為看不清楚四周。

「我下去吧。多虧有木板，鞋子也不會弄濕。」

宮脇一腳踩上傾斜放置的木板。

「喂，太危險了。」

整片木板已帶著腐朽的色澤。姑且不論小狗的體重，但能不能支撐住高中男生——才剛這麼心想，木板就發出了教人暗叫不妙的「吱嘎」聲音。

「哇！」

宮脇的身體在木板上搖來晃去，一腳將木板踩成了兩半，掉進水渠裡。偌大水聲響起的同時，也濺起了水花。

西施犬哀嚎似的發出汪汪叫聲，緊接著不顧一切地在水渠裡拔腿狂奔。

「啊，等一下！」

宮脇跌坐在水裡，慌忙起身追上小狗。但是，濺起水花的聲音更是嚇到了西施犬吧，他沒有停下腳步，在水渠裡飛快往前疾奔，難以想像是眼睛不好的年邁老犬。

「我繞到前面再跳下去！用包夾戰術，別讓他逃了！」

杉在上方的步道奔跑，追過逃跑的西施犬後，一鼓作氣跳下水渠。

格外響亮的水聲猛然響起，西施犬嚇得跳了起來停下腳步，接著又一溜煙跑回來時的方向。

「他跑過去了，抓住他！」

宮脇有如守門員般撲向西施犬。西施犬也拚命扭動身子想要掙脫，但宮脇牢牢抓住他的後腳。陷入恐慌的西施犬張口狠狠咬住宮脇的手。

「好痛────！」

「別放開，撐住！」

杉火速脫下西裝外套，蓋住西施犬將他捉起來。像包袱巾般將他包起來後，西施犬總算安靜不動。

「你沒事吧？」

詢問後，宮脇苦笑著舉起右手：「相當淒慘呢。」儘管體型嬌小，咬人的力道倒是相當猛烈，宮脇手上被咬出了好幾個小洞，血流不止。

「最好去一趟醫院吧。」

到了這時候，杉已經死心放棄，今天的考試完全沒指望了。

將小狗送到國道旁的警察署，再前往醫院，但因為沒有健保卡，又是一番折騰。畢竟兩人還是高中生，手頭上的現金也不夠支付醫藥費，只好抵押學生證，保證會再來付錢後，這才接受治療。

最終抵達學校時，第二堂課已經結束。

前往教職員室，向級任導師說明原委。雖然聽來像是玩笑話，但宮脇的落湯雞模樣和手上的繃帶大概極具說服力，班導也相信了他們的解釋。

不得已缺席的考試則是日後補考。經過早上那場騷動，腦海裡背住的考試範圍也全部忘光光了，因此杉如釋重負。

「喂，發生什麼事了？」

一到教室，千佳子儼然大姊姊般迅速上前發問。

說明來龍去脈後，千佳子也想看看拜託警方保護的西施犬，回程一起去了警察署。宮脇也擔心西施犬，所以最後是三人同行。

年事已高又雙眼渾濁的西施犬，以狗繩被繫在大廳角落，也提供了飼料和水。聽說還沒有飼主前來詢問。

「真的已經上了年紀呢，好像幾乎看不見。」

千佳子在西施犬前頭揮了揮手，但西施犬的雙眼依然沒什麼反應。

「也不能託給你們照顧呢。」

一名中年警官如此開口。

「託管迷路小狗也不是警察的本來職務，所以不能讓他待在這裡太久。」

聽到這種公式化的說法，還是高中生的三人不由得心生反感。

「那個……不能讓他待在這裡的話，會怎麼處置他呢？」

宮脇問，警官發出沉吟歪過頭。

「這一、兩天沒有找到飼主的話，會送去收容所吧。」

「好過分！」

千佳子氣勢洶洶地指責。

「他送去收容所，會馬上被處理掉吧！要是飼主沒有趕上的話……」

「就算妳這麼說，我們也沒辦法啊。」

宮脇臉色鐵青一言不發，戳了戳杉的側腹。

「杉家可以暫時照顧他嗎？」

看來比起向冷酷無情的警官抗議，宮脇更優先思索現實的對應方法。

「抱歉。我母親有過敏體質，不能收留有毛的動物。宮脇呢？」

「我家現在也是禁止養寵物的公務員宿舍……」

於是還向警官厲聲抗議的千佳子轉過頭來。

「沒關係，我家先代為照顧！」

「這麼快做決定不要緊嗎？要先跟家裡的人商量吧……」

宮脇對她如此當機立斷面露不安，但千佳子怒目而視，像在嫌他囉嗦。

「因為總不能把他丟在這裡吧！」

千佳子用大廳的公共電話打回家，等了快一個小時後，父親開著小卡車趕到警察署。腳踏車放上車斗，千佳子抱著西施犬坐進副駕駛座。

「掰掰囉！宮脇會擔心的話，也可以來我家看他！」

「謝……謝謝妳。」

宮脇顯然震懾於千佳子的氣勢。

目送著千佳子如旋風般離開後，留在原地的兩個男人幾乎同時捧腹大笑。

「咲田同學真是厲害。」

「很厲害吧？從小一遇到和動物有關的事，她就會變得非常強勢。」

「你從以前就認識她了嗎？」

宮脇似乎還沒有聽說他們的關係。「我們是童年玩伴。」杉說明。

是喔，宮脇心領神會似的頷首。

「所以咲田同學才會叫你小修嗎？」

「雖然我對她說過很丟臉，不要再這樣叫了。」

「有什麼關係，有這麼可愛又可靠的童年玩伴。」

聽見宮脇不假思索地稱讚千佳子可愛，杉心頭一驚。千佳子開朗、溫柔又可愛，這種事他早就知道了。但是，杉從來不曾如此自然地開口說出這種讚美。——總覺得輸了一截。

「可是，突然收留一隻小狗，家人不會反對嗎？」

「你放心吧，他們一家人都很喜歡動物。總是同時養著五、六隻小狗小貓。」

「咦？也有貓嗎？」

「真要說的話，千佳子比較喜歡貓。」

這樣啊，宮脇喜形於色地笑了。

「我也非常喜歡貓。當然我也擔心西施犬，但真想順便看看貓咪呢。」

杉的內心又一陣波濤洶湧。——這兩個人一定很合得來吧，他如此想道。

當天晚上，千佳子打來了電話，對於他不惜放棄考試拯救小狗一事讚揚了一番。

「話說回來，是誰先發現的？」

如果是我先發現的就好了——這個念頭瞬間掠過腦海。但是，如果先發現的人是自己，他一定會視而不見吧。可能頂多回家的路上再去看看情況。

「嗯，呃——我們幾乎算是同時經過吧。」

他本想撒點小謊，但心情彷彿吹了玻璃粉。雖不至於受傷，卻覺得粗糙不快，最終無法隱瞞。

「不過，最先發現的算是宮脇吧。」

「之前很少說過話，但宮脇也是好人呢。」

千佳子似乎對宮脇非常有好感。——不是似乎，他覺得是真的有好感。

三人變得常常一起聊天，也常常去千佳子家探望迷路小狗。

打從以前起，杉每次去玩，不時都得幫忙果園的工作，宮脇也沒有例外地受到了使喚。儘管遣詞用字給人的印象很像都市小孩，但宮脇意外地很習慣農務，千佳子的家人也很快喜歡上他。

迷路西施犬的飼主終歸沒有出現，於是維持現狀由咲田家飼養。宮脇惶恐地表示會尋找新飼主，但千佳子一口駁回。

迷路西施犬與千佳子家裡原本飼養的年輕西施犬熟稔得有如親子，在千佳子口中也成了「宮脇給的西施」。

咲田家的貓兒們比起杉，更是親近宮脇。貓兒們老早就看出杉比較喜歡狗，所以他不算是輸了。狗兒的話，比較親近杉。「宮脇給的西施」也許是還記得一開始宮脇追過自己，比起發現自己的宮脇，更是親近杉。

某天，宮脇在學校翻閱免費拿取的打工資訊雜誌。期末考快到了，這陣子老師們還揶揄兩人，這次別再撿到小狗了。

「你在找打工嗎？暑假的？」

「嗯……我想找份時薪不錯的每日發薪打工。」

「很少有打工條件這麼好吧。」

說得也是呢，宮脇抓抓頭。

「其實我本想一上高中就去打工。」

就讀的這所高中禁止學生在學期間打工。

「為什麼？零用錢不夠用嗎？」

不過，高中生的零用錢經常是處在不夠用的狀態。

「不是，我暑假想出去旅行，而且可以的話想盡快。」

「去哪裡？」

「小倉。」

聽到不熟悉的地名，杉歪過頭，宮脇說明道：「在福岡縣，博多附近。」地理位置他明白了，但他無法明白為何不是去博多，而是想去博多附近。

「為什麼要去小倉？」

「遠房親戚住在那裡……以前他們收養了我家無法再養的貓，之後再也沒有見過面。」

原來如此，與其說是想去小倉，更該說是想去見貓。

「為什麼沒辦法再養了？」

不經思索地詢問後，宮脇的表情有絲為難地笑了。似乎正猶豫著該怎麼說明，杉心想撤回問題比較好嗎？此時一道陰影籠罩而來。

「我聽到囉，我聽到囉！」

千佳子突然現身，不懷好意地「呵呵」笑著。

「妳真的是陰魂不散耶。」

杉調侃後，「少囉嗦！」旋即被拍了一掌。

「為了見思念的貓咪而想出門遠行，我太了解你的心情了！讓我助你一臂之力吧！」

「妳可以替我介紹打工嗎？」

宮脇問，千佳子挺起胸膛回答：「而且這週末起就能工作！」

「什麼嘛，有這種好事的話，也告訴我吧。」

杉也開始在考慮暑假打工。

「學校原則上禁止在學期間打工，但也有例外，就是『幫忙家裡的工作不在此限』。而且如果是幫忙同年級同學的家裡工作，只要提出申請，學校就會允許只限假日的打工喔。算是學習社會經驗。」

簡而言之，就是要他們去果園打工。

「時薪雖然不高，但我會拜託家裡的人每週發薪給你們。現在開始打工的話，八月初就可以成行了吧？」

「謝謝妳！」

宮脇踢開椅子站起來，只差沒有跪地膜拜千佳子。

果園已經到了採果客人增加的季節，杉也一起在考試期間外的星期天打工。時薪比便利商店的時薪還低，但到結業典禮為止，也存到了總計兩萬圓。

開始放暑假後還能每天打工，只要工作一整個七月，宮脇也能賺到旅費和旅行期間的零用錢。

「小修打算怎麼花打工賺到的錢？」

「我還沒想過……」

其實這是騙人的。他儘可能裝作臨時起意地開口問：

「要去看電影嗎？」

「你請客？」

她會立即藉機占便宜，也在他的意料之中。

「可以啊，畢竟是妳介紹了打工。」

「好耶——！乾脆再要一頓飯吧？」

杉壓下高興得想跳起來的心情，露出苦笑回答：「知道了，知道了。」佯裝是在她的央求下不得已答應。

「太好了，真的嗎！事後不准反悔喔！」

「賺到了，賺到了！」千佳子毫不顧忌地大聲歡呼，確實沒有將這種情況視作約會。——但是，現在這樣也沒關係。

不需要著急。——他如此心想。

七月最後一週的第一天，宮脇沒有在打工的規定時間現身。

這不像宮脇循規蹈矩的作風，也沒有任何聯絡。他怎麼了嗎？雖然擔心，杉還是先開始工作。

最後，他遲到了一小時才出現。

「我遲到了，對不起。」宮脇向大人們道歉，神情卻僵硬又慘白。

「身體不舒服的話，稍微休息一下吧。」

千佳子的父親這麼說了，但宮脇倔強地堅持道：「我沒事。」

午餐時間，在千佳子父母的命令下，三人一起回到咲田家。宮脇的臉色越來越糟。

「怎麼了？發生什麼事了？」

宮脇還是頑固地說：「沒什麼。」堅決不肯回答。

於是，一直默默在旁注視的千佳子開口了。

「莫非是你以前養的貓咪發生了什麼事？」

宮脇的嘴唇倏地扭曲，就這樣低下頭，想要隱忍壓抑——卻壓抑不了，淚水滴滴答答地掉向膝蓋。

「聽說被車子撞到……」宮脇以壓扁般的嗓音細聲說完，之後的話語支離破碎。看來是今天早上接到了消息。

「是你很寶貝的貓呢。」

千佳子憐憫地輕聲說，宮脇又用模糊不清的聲音說：「他是我的家人。」

為什麼沒辦法再養了？以前杉提問的時候，宮脇沒有回答。如果是家人的話，他更是百思不解。

既然如此悲痛欲絕，別送人就好了啊——他心裡有些冷嘲熱諷。可能是因為兩人都對貓有著很深的共鳴，有些在鬧彆扭吧。

然而，這種無謂的彆扭隨即被擊潰得一點不剩。

「是我父母還活著的時候，家裡養的貓……」

——這是處罰，他心想。誰教他面對悲傷的友人，還想些惡劣的問題。

是在懲罰他這個人類如此渺小。

「……你一定很想趕上吧。」

千佳子的安慰卻是那般溫暖。開朗、溫柔又可愛的千佳子，他從以前就覺得她善良的心地非常耀眼，自己卻無法成為千佳子那一種人。

明明想成為配得上千佳子的男人，自己為什麼這般渺小又卑劣？——可是，神啊。

他根本不曉得宮脇的父母過世了。知道的話，絕對不會心生那般惡劣的疑惑。你就算知道，也無法像千佳子一樣安慰他吧。總覺得神在嘲笑他。

「……打工要怎麼辦？繼續嗎？」

到頭來杉問了這個問題。千佳子在一旁露出「所以我才受不了男生」的表情。但是，事到如今他也無法惺惺作態地安慰宮脇。無法只是表面上模仿千佳子那種由衷的安慰，試圖為自己掩飾。

「現在去小倉也沒意義了嘛。」

宮脇邊吸著鼻水邊虛弱微笑。於是千佳子抬高嗓門打岔：

「最好還是去一趟小倉吧。把錢存下來，去和貓咪正式道別比較好。」

宮脇眨了眨眼睛，千佳子越勸越激動。

「不正式為貓感到悲傷的話，就無法徹底放下喔。現在別磨磨蹭蹭地鬧彆扭，覺得已經來不及了，好好地為了他大哭一場吧。雖然沒有趕上，但你要告訴他，你正準備去見他。宮脇不確實整理心情的話，貓咪也會擔心得無法瞑目喔。」

杉很清楚這番話深深打動了宮脇。——因為連壞心眼地想著那些問題的自己，眼眶也發熱了。

被說別磨磨蹭蹭地鬧彆扭，我還真是無法反駁呢，宮脇笑著說，之後繼續來打工。

宮脇說機會難得，想順便到處走走，一直工作到了八月中旬，然後在暑假結束前動身出發。

新學期碰面時，宮脇的表情彷彿陰霾一掃而空般神清氣爽。也各自送了紀念品給杉與千佳子。杉是他事先要求的博多拉麵，千佳子是不知為何在京都買來的吸油面紙和手鏡。

「哇，是楊枝屋耶！」

似乎是很有名的牌子，千佳子大聲驚呼，但聽到朋友的呼喚後，她慌忙丟下一句「謝謝你喔」，旋即轉身跑開。

「你也順道去了京都嗎？」杉問。

宮脇「嗯」地點點頭。

「在我國小校外教學去京都的時候，父母出了車禍過世。」

機會難得，想順便到處走走——機會難得這句話的意思，遠比杉和千佳子想像的還要沉重。

「當時我母親拜託了我買楊枝屋的吸油面紙當作紀念品。我找了很久，最終沒能買回去。一起幫我尋找的朋友替我買了回來，但我自己沒有買過。」

「手鏡也是？」

「手鏡的話，是現在的我會想買給母親的東西。」

杉傾聽的同時，胸口感到苦悶。

該聽到這些話的人是千佳子。但是，他又不希望千佳子聽到這些話。救了掉進水渠的西施犬的那一天，如果是自己以外的人遇到宮脇就好了。如果是自己以外的某個人和宮脇一起救了西施犬就好了。

他沒有向千佳子轉述宮脇說過的京都那些事。想說的話，宮脇應該自己說。他壓下內心的歉疚。

他不敢問千佳子，宮脇是否對她說過了京都那些事，也不敢問宮脇是否對千佳子說過了。

只能一味恐懼著青梅竹馬這項優勢正慢慢減弱。

千佳子稱呼宮脇為宮脇，稱呼杉為小修。

自從他開始覺得這種差別已毫無意義，又過了一段時間。

倘若知道宮脇的心情，千佳子一定會被宮脇吸引。

千佳子開朗又溫柔。而宮脇和千佳子在一起，絕對不會自卑負疚。

他總是沒出息地苦惱著想變成配得上千佳子的男人，但與自己相比，宮脇早已配得上千佳子了。

縱使小時候有過那般慘痛的遭遇。

明明與父母生離死別，被迫與愛貓分開，最後甚至趕不及再見愛貓一面，宮脇卻不怨任何人、任何事，也不鬧脾氣。
如果是自己，會竭盡所能利用自己不幸的處境。會用自己的身世做為各種怠惰的藉口，也會用以吸引千佳子的關心吧。
宮脇為什麼可以那般放鬆又自在地站著？與宮脇越是親近，杉越是覺得被逼到絕境。——自己絕對贏不了他。
他對自己一路順遂地長大成人感到自卑。明明一帆風順地長大，比宮脇受到更多眷顧，自己卻成天牢騷不斷。滿不在乎地與父母吵架，總是講話尖酸刻薄，有時吵架還失了分寸，惹得母親哭泣。
明明生活沒有任何不足，為什麼我的心胸如此狹隘？為什麼溫柔的程度卻比不上擁有的事物比我還少的宮脇？
千佳子也和杉一樣從小到大過得無憂無慮，但和宮脇在一起，卻不會感到自卑和嫉妒，非常自然且開心地與宮脇打成一片。這點也讓杉感到焦慮。
不感到自卑也不感到嫉妒，是因為他們是同一類人，所以才能自然而然聚在一起。再這樣下去，千佳子會被搶走。——明明自己早在更久以前就喜歡她。
「不曉得宮脇有沒有喜歡的人呢。」
千佳子曾經脫口而出似的如此喃喃自語。在宮脇不在的時候。
因此杉終於被自卑和嫉妒壓垮。

「我從小就一直喜歡千佳子了。」

他坦白傾訴的對象不是千佳子，而是宮脇。

宮脇溫柔又為朋友著想，杉坦白告知後，他會將自己的心意埋藏起來。

杉早已預料到這點，佯裝找他商量地據實以告。

宮脇驚訝地睜大雙眼，沉默了一會兒後露出微笑。

「我明白了。」

你明白的吧？——你絕對會明白的。

就這樣，杉徹底封住了宮脇的嘴，最後宮脇也始終保持沉默地退出了。

因為他在高三的春天轉學了。宮脇說過身為監護人的阿姨工作很常調動。

杉確實感到寂寞，但也同樣鬆了口氣。當時他心想，這下子就能放心了。

「為什麼你這麼不幸，人卻這麼善良呢。」

回過神時，他已經喝醉酒開始胡言亂語。都怪晚餐時開的葡萄酒。難得宮脇來訪，便準備了阿迪隆達紅酒[8]做為當地特產招待他，這個品種的香氣和口感相當芬馥，但一不小心就會喝太多。

8. 編註：日本山梨縣號稱葡萄王國，此為山梨縣代表性的葡萄酒。

這會兒輪到千佳子洗澡，這項因素也讓他一下子就大意了。

宮脇苦笑著回答：

「我不清楚自己善不善良，但我不是不幸的人，你的前提太奇怪了吧。」

「這算什麼啊，強調你游刃有餘嗎？」

「你的酒品真差耶。在千佳子洗好澡之前，稍微清醒一點吧。」

宮脇一邊說著，從他手裡抽走了酒瓶。

我們貓兒一碰到木天蓼就渾身酥軟，人類似乎是一喝酒就渾身酥軟。

悟偶爾也會在家裡喝酒。獨自一人一邊觀看棒球或足球等人類的球類遊戲，一邊小口喝酒，然後變得樂陶陶，不久之後倒頭就睡。

那種時候若一不留神經過他附近，悟就會發出撒嬌的聲音叫我：「奈奈～」然後硬是把我抱在懷裡，真教人受不了。那種時候我會盡量避免靠近悟，而且又有酒臭味。

有時悟也會在外喝酒，帶著一身酒氣回家，但那種時候他通常也是興高采烈，所以我一直以為喝了酒的人類會變得興高采烈。一遞出木天蓼，貓也會興高采烈嘛。

我第一次看到像杉這樣，喝了酒卻愁眉苦臉。千佳子去洗澡後，他像是突然灰心喪志，對著悟鬧起彆扭來。

不高興的話，幹嘛要喝酒？我待在起居室的電視機上頭，望著兩個大男人。悟終於從杉手中拿走了酒瓶。

題外話，我非常喜歡這戶人家的電視機。我以為電視都是薄薄的板子那種形狀，但這戶人家是箱子形，非常吸引貓坐上去。而且還帶有些微的溫度，肚子暖烘烘的。如果是冬天，一定更棒。

那台電視很老舊了喔，小桃告訴我。聽說從前的電視機都是這種箱子形狀。竟然將如此無懈可擊的設計改成那般枯燥無味的薄薄外形，我倒懷疑技術是不是退化了。

據小桃說，藉由知不知道箱形電視機，可以區分出貓的世代。在這戶人家，千佳子優先考量了貓的居住品質，所以沒有引進薄型電視機。真是教貓拍手叫好的英明決定。

你怎麼一臉愁眉不展？厭倦了的話，就請你還給我唷。

躺在附近沙發上的小桃說。我慌了起來，因為小桃將電視機的特等席讓給了客人的我。

我不是厭倦了電視。只是……

我看向一直喋喋不休的杉。

我聽說杉是悟的朋友，但杉是不是不太喜歡悟？

沒這回事，小桃苦笑。

請別以為他不歡迎你家主人。那瓶酒還是昨天特地去買的喔，說要請宮脇品嘗。

既然如此，他為什麼一直針對悟？說什麼你怎麼會這麼善良，好像對悟很善良感到不滿。

雖然喜歡，但也羨慕吧。我家主人想變成你家主人那樣的人喔。

真是莫名其妙。悟就是悟，杉就是杉啊。

就是說呀。不過，主人好像認為，自己如果能像宮脇一樣，千佳子就會更喜歡自己。

哦，出現了耐人尋味的證言哩。

千佳子從前似乎喜歡你家主人。

是從前的事了吧。遠在小桃出生以前，那三個人還是小孩子的時候。小桃也是聽前任的貓兒們轉述。

悟呢？他以前喜歡千佳子嗎？

如果會為了貓留下箱形電視機的人是悟的太太，應該是件很棒的事。

嗯，這點我們就不曉得了。只不過一提到千佳子，主人好像對宮脇感到愧疚。

聽來真是錯綜複雜。結果而言，千佳子選擇了杉，成了杉的太太，還有什麼好不安的呢？

如果是貓，母貓一旦做出了選擇，黑就是黑，白就是白。不光是貓，人類以外的所有動物世界在戀愛方面，女方的決定都是絕對的。不過，我還年輕的時候悟就收養了我，所以沒能談過戀愛。想年紀輕輕就擄獲母貓芳心的話，我也有些太弱不禁風了。真希望我的臉再大一點，體格再強健一點，就像吉峯那樣。那傢伙要是變成了貓，鐵定大受歡迎。

不過，這下子我總算明白了。

我對著歪過腦袋的小桃又說：

那隻臭狗是杉的狗吧？

狗這種生物在這方面普遍不太理智，只要自己的主人說是黑，就算是白也認定是黑。他肯定是想聲援杉有些鬱悶的心情吧。

順便說，不論飼主再怎麼鬧彆扭，貓認為白就是白。貓只會遵從自己的信念。

虎丸還年輕，有些太耿直了。

臭狗晚上會進屋子裡，但立刻被帶往了其他房間。儘管不像初見面時張口狂吠，但由於他對悟非常無禮，和我又是一觸即發。

「哎呀，喝得醉醺醺呢。」

千佳子洗完澡回到原地。

「要睡了嗎？」

千佳子安撫小孩似的問。「不要。」杉就像撒嬌的孩子搖了搖頭。

「千佳子和宮脇還不睡的話，我也不睡。」

千佳子和悟互相對視後露出苦笑。雖是苦笑，但兩人的笑容都充滿憐愛。那個酒鬼那麼可愛嗎？我倒覺得他有些不像話。真希望我聞了木天蓼以後不會變成那樣。

「我也累了，要去睡了。走吧。」

悟攙扶著杉讓他站起來，但可能是比想像中重，或是醉得比想像中厲害，不穩地搖搖晃晃。千佳子慌忙從旁伸手扶住。

然後兩人合力扶著杉回到寢室。

🐾

宮脇轉學後過了不久，杉與千佳子開始交往。

大學學測的志願學校也是同一所。兩人商量過後，決定就讀東京的大學。千佳子預計將來留在果園幫忙，如果不選擇縣外的大學，一輩子都會在縣內生活。一生至少想去大都市看看一次，是年輕女孩會有的自然又天真無邪的願望吧。

兩人皆順利考上學校，千佳子寄住在親戚家，杉住進大學宿舍。宿舍是雙人房，杉雖擔心與室友是否合得來，但附近生活機能便利、房租出奇低廉，還是相當吸引人。

與千佳子約好雙方的住處都安頓好後，開學典禮前先見個面，杉便拿著地圖在未知的土地上尋找宿舍所在。

他分不清左彎右拐的小巷，繞了好幾圈，但所幸沒有超出預定時間太多，抵達了目的地。

當他在櫃檯辦理手續時。

「杉！」

他尚未結識到會出聲叫他名字的朋友。杉詫異地回過頭，然後呆若木雞。

「宮脇。」

應聲之後，杉的腦袋一片空白。在一個人也不認識的新環境裡與熟悉的舊友重逢，他頓感非常安心，但同時也很困惑宮脇為何會出現在這裡。此外，宮脇轉學後，他一直牢牢塵封起的愧疚感也同樣洶湧地互相拉鋸。

「我聽咲田說過她的志願學校是這裡，才心想杉搞不好也是，果然不出所料。」

「聽說過？轉學之後，你們見過面嗎？」

「怎麼可能，是寫信。」

當時還不是高中生都天經地義般擁有手機的年代。與身在遠方的朋友聯絡時，主要是寫信或通電話。

「我給了你們搬家後的地址吧。後來咲田寫了信給我。」

杉倒是一次也沒寫信給我呢，宮脇調侃他的無情，但期待高中男生會那麼細心勤勞才奇怪吧。

「我偶爾也會打電話給你啊。」

「嗯，男生通常長大之後都這樣。我和國中的朋友也都是通電話。收到咲田的信時，我嚇了一大跳，心想女孩子真是勤勞。之後也偶爾互相寫信。」

信件往來期間，宮脇才得知了千佳子的志願學校。——莫非是知道了千佳子會考，宮脇才會也報考這所大學？

「但千佳子沒有說你會考這所學校。」

「那當然啊，因為我沒有向咲田說過我的志願學校。」

宮脇不以為意地回答。

「當時我心想我們的志願學校一樣呢，但如果其中一方落榜，會很尷尬吧？畢竟我的情況和互相勉勵、共度考試難關的你們不一樣。」

一問之下，理由沒有什麼大不了。雖然會忍不住胡思亂想，卻又卸下心口大石，覺得原來只是這樣。可是——

宮脇，你說的有多少是真的？我可以完全相信你說的話吧？

「但千佳子也沒有說過我會報考同一所大學。」

杉脫口而出。「是啊，為什麼呢？」宮脇也歪過頭。

「可是，如果說了你們會考同一所大學，要是其中一方落榜，果然會很尷尬吧？倘若說了會一起報考，最終也得向我報告結果才行。我要是聽到其中一方落榜，也只能咳聲嘆氣吧。」

理由大概就是宮脇說的這樣吧。但還是忍不住胡思亂想，是杉自己的問題。——因為那一天，他裝作是諮詢煩惱，實則封住了友人的嘴。

「難得同所學校，我去拜託看看能不能讓我們同寢室吧。我的室友還沒來，現在的話，應該也比較好溝通。」

宮脇已在一週前搬進宿舍，親切和善的個性，使他四處建立了不少人脈。拜訪了女舍監和宿舍負責人等數人後，非常順利地更換了房間。

千佳子很高興宮脇也就讀同一所大學，但也氣呼呼地說：「為什麼沒有告訴我呢？」她說正打算寫信告訴宮脇，她和杉考上同一所大學了。

多虧了宮脇，感到不安的宿舍生活從一開始就很愜意。擁有宮脇這個朋友，在宿舍內是相當穩固的優勢。——有時會冷不防暗暗感到心虛，依然是杉自己的問題。

就這樣度過了上學期，進入下學期。

「杉，學長給的慰勞品。」

宮脇說道，遞來了售價不低的知名品牌罐裝啤酒。

大學生活中，二十歲過後才能喝酒只是場面話，宿舍內連未成年的住宿生也會喝酒，但把持在女舍監還會睜一隻眼閉一隻眼的程度。

「哦，那我去要些下酒菜。」

住宿生很常收到父母寄來的慰勞品，在附近繞一圈交換食物的話，可以拿到還不錯的東西。正好老家寄來了葡萄，杉以此為本金，獅子大開口地向北海道出身的學生換了鮭魚乾和地區限定餅乾。

宮脇黃湯下肚後會變得興奮激動，但酒量不佳，才喝光了兩罐啤酒，雙眼就變紅了。當時不知是什麼契機，聊起了宿舍內的戀愛趣聞。有個吊兒郎當的一年級男生老是勇敢地向宿舍學姊告白，但每次都被拒絕，成了男生們的笑柄，卻也受到聲援。

「他失敗了幾次啊？」

「前陣子才說他第十一次約她出去又被拒絕了。」

消息靈通的宮脇說，同時輕聲笑了起來。

「但他一點也不消沉，太好笑了。還說要在下學期內突破二十大關。」

「怎麼能以失敗的整數為目標啊？偏離原本的目的了吧。」

「不過，我有點羨慕像他那樣橫衝直撞呢。」

宮脇通紅的雙眼感到耀眼似的瞇起。——杉突然有種預感。

「其實高中的時候，我有些喜歡咲田。」

可以的話，他一輩子都不想聽見這句話。

「可是，我心想有杉在，自己八成沒有希望吧。就算失敗也沒關係，早知道至少該親口告白一次。」

至少親口告白一次的話——歷史多半已經改變了。

「拜託你。」

他按捺不住地發出沙啞的話聲。

「不要告訴千佳子這件事。」

試著親口告白一次的話——縱使是現在，歷史多半也會改變。

「拜託你了。」

他沒出息地低下頭。自己真是狡猾到了極點。明知看起來非常沒出息，杉還是低下了頭。

他知道能因此絆住宮脇。

宮脇微微瞪大雙眼，就像杉第一次佯裝商量、封住了他的嘴時一樣。然後他苦笑道：「放心吧。」

「你們大概比你想像中的還要堅定喔。」

就這樣，杉成功封住了宮脇的嘴直到最後。

杉大學畢業後回到當地，又過了幾年與千佳子結婚。宮脇也參加了婚禮。

結婚以後，宮脇不再以咲田稱呼千佳子，而是直接喊她千佳子。

到了這個地步，歷史已不會再顛覆。不論是依宮脇的個性，還是依千佳子的個性。

但是，杉仍然不時想起宮脇就會良心不安，這是他在也許還有可能顛覆歷史的時候、就奪去了宮脇發言權的懲罰。

如果收養宮脇的貓，肯定會成為這一生他時時苛責自己的引線。可是——

自始至終都保持緘默的宮脇如今有難，希望他們收養他的愛貓，他認為這是以卑劣手段獲勝的自己的義務。

你也許會心想，這麼卑鄙又渺小的我如今沒有資格說這種話，但我確實也很喜歡你。明明境遇比我還要悲慘，遠比我要大方且溫柔的你，真的很耀眼。

可以的話，我真的很想成為你那樣的人。

這番話太厚顏無恥了，事到如今他根本說不出口，但他想收養宮脇的貓的這份心意絕無虛假。

隔天早上，安排了臭狗與我再一次會面。

在飯廳吃完早餐後，千佳子走進另一個房間迎接虎丸。

「小虎，拜託你了，要當乖孩子喔。」

千佳子在門後頭對虎丸耳提面命。杉憂心忡忡地在飯廳裡走來走去，悟沒有走來走去，但表情也有些擔憂，只有小桃與我老神在在。

我可是一早就吃了特選鮪魚乾糧，上頭還加了雞胸肉當作點心，肚子吃得很飽。儘管放馬過來吧，臭狗。

然後木板門打開了。

臭狗意氣風發地站在門口處，定睛看向這邊。但是，他沒有看向悟。——說得也是呢。

悟是很重要的朋友，不可以對著他叫。因為杉昨天一逮到空檔就生氣地訓斥他。不過這樣一來，你的矛頭只剩下一個了吧。

來吧，我當你的對手。

臭狗朝著我大聲狂吠，只差沒有撲上來。很好！

眼角餘光中可以看見人類們發出了尖叫聲，我用力將背部彎成弓形，讓全身的毛往上膨起。旁觀的小桃輕聲說：「你還挺厲害的嘛。」能得到您的稱讚是我無上的光榮。

回去！

臭狗不顧杉與千佳子的怒斥，繼續汪汪狂吠。悟也慌忙跑來壓住我，以免我飛撲上去。

你在的話，主人和女主人會一直想著宮脇！我家主人一看到女主人想起宮脇，就會很痛苦！

用不著你說，有你這種笨狗在的人家，我可是避之唯恐不及！

吵架的話，是我比較在行，你不過是塊頭大了點，從來不曾賭上性命與人打架吧。

一旦現在的地盤被搶走，明天起吃到的飯就會變少，這種架你沒有吵過吧？這隻有人收養的幸福小狗狗！

我滔滔不絕地對著臭狗說出了一連串在千錘百鍊下鍛鍊出來的惡毒言語。這些謾罵還真是粗鄙到不好讓各位善良的紳士淑女聽見。

小桃在電視機上作壁上觀，面帶苦笑。真是不好意思啊，玷汙了您這位淑女的耳朵，是我唯一的遺憾呢。

王八蛋，快回去！

臭狗幾乎是噙著淚狂吼。不過是三歲的小毛頭，還一出生就戴上項圈，想贏我還早了一百年哩。

小桃的歲數是我的兩倍，我的歲數也是你的兩倍。

我不能讓主人會想起宮脇的東西進入這個家！因為——

閉嘴！再說下去，當心我狠狠修理你！

值得表揚的是，臭狗沒有閉嘴。但可能只是意氣用事。

因為，那傢伙身上傳來了已經無藥可救的味道！

我叫你閉嘴！

「奈奈！」

悟發出了由衷心急的聲音。因為我甩開了他的手，一骨碌撲向臭狗。

臭狗霎時發出慘叫。虎毛鼻頭上出現了漂亮的三條抓痕，三條都微微滲著血絲。

——儘管如此，虎丸還是沒有將尾巴捲到肚子下面。

尾巴好幾次都要往下捲去，但他奮力抬起，然後在喉嚨深處悶聲呻吟。

「奈奈，不能這樣，怎麼能抓傷人家！」

勝負已分，因此我老實地讓悟抱在懷裡。「對不起。」悟連連向虎丸、杉還有千佳子道歉。

「沒關係，幸好不是奈奈被咬。」

千佳子臉色蒼白地嘆一口氣。杉朝虎丸的腦門敲了一拳。

「你要是真的用力咬了，奈奈會死掉吧！」

「咕咕。」虎丸這才將尾巴捲到肚子底下，然後恨恨地瞪向我。

我知道啦，這不算是向我捲起尾巴。

「抱歉，難得你們願意收留奈奈，但我還是帶他回去吧。」

悟深感惋惜地說。

「和這麼合不來的貓住在一起的話，虎丸也太可憐了。」

然後悟拿出籠子。我邊走進籠子邊回頭看向虎丸。

虎丸，謝謝你。

虎丸滿臉納悶。

我和悟是來旅行的，不是為了讓這戶人家收留我。我還在想要怎麼做才能回去，多虧了你，我可以順利回家了。

虎丸垂下眼瞼，放下尾巴。我和悟一同前往銀色休旅車。

虎丸也綁上了牽繩，被迫一同送行。杉將牽繩在手上纏了數圈，僅留下短短一截繩子。

小桃自動自發地站在送行的行列裡，還稱讚我說：「多虧了你，我久違地看到了真正的較量呢。」

「真的很對不起。幸好奈奈沒有受傷。」

「我們真的很想代替你照顧他……」

夫妻倆輪番道歉，悟反倒顯得坐立難安。說得也是，畢竟出手抓傷虎丸的，是勇猛果敢的我嘛。

發車前都要依依不捨一番，成了每次的慣例。

悟坐進駕駛座後，千佳子又嚷嚷著忘了東西，三番兩次跑回家，紀念品越來越多。

不過，也該道別了呢。

「對了。」這時，悟探出駕駛座的車窗說：「我高中的時候有點喜歡千佳子呢，妳知道嗎？」

語氣彷彿這是無足輕重的小事。杉的表情倏然僵硬。千佳子——什麼？

悟好整以暇地等著千佳子的答覆。

千佳子吃驚得目瞪口呆，眨了眨眼後，噗哧輕笑出聲。

「你在說什麼時候的事呀，現在還說這個做什麼。」

「說得也是呢。」

兩人放聲哈哈大笑。杉虛脫似的大鬆口氣，接著才慢了大半拍地跟著笑了。

杉明明在笑，表情卻又有些想哭。

車子發動了。

「虎丸?!」

探頭一看，虎丸正前傾著身子不停掙扎，想要甩開杉握著的牽繩。

喂，貓！

虎丸呼喚著我。

你留下來沒關係！既然主人和女主人還有宮脇一起笑了，你留在這裡也沒關係！

笨蛋，都說我從一開始就沒有這個打算了。

「虎丸，至少最後安分一點！」

杉生氣地拉住牽繩。別生他的氣，那傢伙是在挽留我喔。

但是，前一刻才大打出手，他們只會以為汪汪大聲吼叫的虎丸是在生氣吧。

「他在生氣嗎？」

悟也透過後照鏡察看後方。

「……可是，我覺得跟生氣的叫聲不太一樣。」

會察覺到這一點，所以我才喜歡你喔，悟。

銀色休旅車留下輕柔的喇叭聲，駛離了民宿。

「不過，他們說願意代我照顧，真是吸引人的提議呢。」

還在說啊。真是不乾不脆，富士山都已經跑到休旅車後頭了。

如果以後還會來接我，那跟從一開始就無法託給他們照顧一樣吧。

我朝著車子的後擋風玻璃踮起腳後，悟笑道：「你不敢去海邊，卻很喜歡富士山呢。」

因為富士山不會發出讓腹部轟隆回響的聲音，也不會進行幾乎要將我吞掉的永久運動啊。

「希望還可以一起來看富士山。」

是啊，有朝一日再一起來吧。再住在杉和千佳子的民宿吧。這次住的房間可以看見美麗絕倫的富士山，而且——

「奈奈很喜歡映像管電視機呢。」

沒錯，就是那個！那個箱形電視機太完美了。坐下時不僅大小剛剛好，腳邊也暖洋洋。

悟，我們家也能換成那種箱形電視機嗎？那個太棒了。

「對不起喔，我們家是薄型電視機。現在也沒辦法特地買到新的映像管電視機了。」

是嗎？真是太遺憾了。

不過，當作是去杉夫婦家玩的時候的特別招待，好像也不錯。

而且下次去的時候，虎丸肯定願意對我們搖尾巴了喔。

🐾

傍晚接到了當天的預約訂房。

「把虎丸繫在狗屋旁邊比較好吧？」

「也對，才和奈奈大吵一架，說不定情緒會很亢奮。」

杉將虎丸帶到屋外，綁在小屋旁，一邊問著同行的千佳子。

「關於剛才宮脇說的事情……」

「討厭，你很在意嗎？」

一下子就被料中，杉支支吾吾。

「也不是啦。我只是心想，如果高中的時候宮脇向妳告白，結果會是怎樣。」

「天曉得。」

千佳子淡然聳肩。

「那種事情不在那個當下說的話，誰也不曉得。」

真是中肯，他一句話也答不上來。

「不過，如果能體驗看看在兩個男生間搖擺的少女心，應該也不錯吧。」

「妳會動搖嗎？」

大感意外地反問後，千佳子笑了。

「當然會動搖啊。有兩個男生都很在意的話，人會變得貪心呢。」

杉感到想哭，硬是忍了下來。

不曉得她會選誰。但是，她將他們擺在了一起。

光是知道了這件事，長年來的自卑和妒忌好像就沖淡不少。

下次見面的時候，可以在宮脇身邊當個更輕鬆自在的朋友。

這點讓他欣喜不已。

Report-3.5

最後的旅程

港口碼頭旁停著一艘建築物般的碩大白色船隻。

船頭有個大缺口，悟告訴我，會連同車子一起從那個大洞搭上船。肚子裡吞了好幾輛車都不會沉，人類製造的東西真是驚人。

話說回來，究竟是誰想到讓這種建築物般的鐵塊漂浮在水面上？我只覺得那個人腦筋出了點問題。重的東西會沉入水裡，是世間的定律。通常人類以外的動物絕對不會想違逆世界的真理，人類果然是奇怪的生物。

悟走向渡輪碼頭買了船票，走回來時不知為何滿臉通紅。

「哎呀，真糟糕，真糟糕。他們說奈奈不能登記為同行乘客。」

悟好像在買票時需要登記的登船名冊上也寫了我的名字。

在櫃檯表明宮脇奈奈（六歲）是隻貓後，聽說引得工作人員哈哈大笑。悟在這種事情上偶爾迷糊到不行。

「那我們上船吧。」

好些車輛已經如同念珠般排成一列，駛進敞開的大口。——喂，這艘船已經吞了不少車了，真的不會沉嗎？

「奈奈，你怎麼有些膨起了尾巴？」

呃，因為，萬一這艘船沉了，我們當然會掉進海裡吧？那不就——對吧？

我想起了去吉峯家時看見的大海。一想到如果掉進了發出轟隆浪濤聲的汪洋大海裡，連我也是避之唯恐不及。況且貓本就不擅長游泳，也非常討厭水（也有一些奇怪的貓喜歡洗澡，但他們是發生突變的貓）。

悟也不太可能頭上揹著我，一路游回岸邊吧。

不理會我的擔憂，銀色休旅車駛進了船的肚子裡。悟左肩上揹著旅行包，右手提著裝有我的籠子，走路似乎有些吃力。——明明不久前，他還輕輕鬆鬆地搬著這些小東西。

喂，我自己走吧？

我從內側伸手扳弄蓋子的鎖釦，悟慌忙說：「不行不行！」然後讓蓋子那一邊朝上，傾斜地提著籠子。啊喲喲，我的屁股於是滑向籠子深處。

「動物不可以在渡輪裡走來走去。你忍耐一下。」

動物的話，那也包括狗吧。待遇平等是好事。有不少旅館可以提供寵物入住，但有許多設施願意收容狗，卻把貓拒在門外。理由不外乎是貓會磨爪子等等，所以不行。這點小事只要向帶貓入住的房客額外多收點修繕費用就好了吧。更何況，貓只會在可以安心的環境裡磨爪子，住在外頭的旅館時，極少興起磨爪子的欲望。

而且人類經常在意的「動物氣味」，貓可是比狗還淡。

總之，狗可以貓不行這種差別待遇，會讓貓覺得非常火大。就這方面而言，貓狗都不行，讓人完全可以接受。這艘渡輪是好渡輪。

悟帶著我前往寵物室。所有動物都託管在這個房間裡。

房間冷清單調，但乾淨整潔，相當寬敞的籠子毫無空隙地一直堆到天花板。今天攜帶動物的乘客似乎不少，十來個籠子裡幾乎都有動物入住。先住進來的貓只有一隻白色金吉拉，其他從小型乃至大型都是狗。

「他是奈奈，在登陸之前，還請大家多多關照。」

悟特意向先住進來的房客打招呼，一邊將我移進房裡的籠子。

「奈奈，你可以嗎？不會寂寞吧？」

在有這麼多其他貓狗的狀況下，哪可能覺得寂寞。我反倒想換清幽一點的環境。今天遇見的狗兒們特別多話，仗著數量多，興奮地吱吱喳喳，悄聲嘀嘀咕咕。「又是貓。」「這次是雜種。」真是吵死了。不好意思啊，我是雜種，哼！

「其實我也很想一路開車到目的地去。對不起喔。」

都說了別在意這點小事，才一天而已，我會忍耐的。別看我們這樣，貓可是意外地耐性堅強。

這次的旅程似乎在搭渡輪登岸後還很長。悟最近又很容易感到疲勞，不再有那麼多精力可以開車走完全程。

「我會盡量過來看你，就算寂寞也要忍耐喔。」

可以別在外人面前說這種過度保護的話嗎？害我渾身不自在。

「你好，同樣是貓咪，請和奈奈好好相處喔。」

悟探頭看向住在我正下方籠子裡的金吉拉。由於我已經進了籠子，看不見他，但他從我們走進房間到現在，一直在底部角落縮成一團。

「這隻貓也很寂寞吧？今天小狗很多，可能是在害怕。」

很可惜，猜錯了。縮成一團的金吉拉始終微微顫抖著尾巴尖端，對狗兒們的長舌感到鬱悶又不耐，這我可是一目瞭然。

「奈奈，那等會兒見了。」

悟抱著自己的行李走出寵物室。

下一秒，狗兒們的問題排山倒海而來。

「喂，喂，你從哪裡來的？」「你要去哪裡？」「主人是什麼樣子的人？」——我一瞬間明白了金吉拉在籠子深處不耐地縮成一團的心情，也仿效金吉拉的對應方法。

因為太吵了，我在底部蜷成一團佯裝入睡，悟卻會錯意了。

「對不起，你果然很寂寞吧。」

悟一而再地前來看我，甚至讓我覺得有些太頻繁了。沒關係，不用那麼常來啦。由於悟來的次數比其他飼主還頻繁，不久狗兒們開始調侃我受到過度保護。悟一離開，他們就齊聲大合唱：「過度保護、過度保護。」

吵死了，安靜！我發出低吼，準備再次在籠子底部縮成一團時——

每次都像小毛頭一樣吵吵鬧鬧，你們真是吵死人了。

我正下方的金吉拉刻意抬高音量說話。

你們看不出來真正寂寞的是那個主人嗎？

看起來明明是高貴的長毛種貓，沒想到講話這麼辛辣。狗兒們也不甘示弱地回嘴。

咦？可是，對吧？那個飼主來的時候都說奈奈很寂寞嘛。

虧你們是狗，一個個鼻子都這麼不靈光。那個飼主身上散發著來日不多的味道吧？才想儘可能多花點時間和愛貓在一起。

狗兒們不約而同靜了下來。緊接著又開始小聲嘰嘰咕咕說：「好可憐。」「好可憐。」坦白說，音量根本沒有壓低，但算了。都是年紀尚輕的小狗，腦袋還不聰明吧。

那個，謝謝你。

我朝著看不見的正下方籠子道謝，金吉拉聲音冷漠地回答：「我只是覺得很吵而已。」

附帶說聲，遭到訓斥的狗兒們在悟接下來出現的時候，全都朝他猛搖尾巴。悟欣喜若狂：「哦！大家都對我搖尾巴，真是大受歡迎。」然後從籠子的縫隙間摸了摸幾隻小狗。雖然不聰明，但都是坦率的乖孩子。

之後，我們兩隻貓兒也不時加入狗兒們的閒聊，這趟海上旅程平靜無波地一分一秒過去。不過，討論到喜歡的點心時，狗兒們就算提到皮骨，我們也完全不懂好在哪裡，很多時候對話有些牛頭不對馬嘴。

隔天早上，渡輪抵達了目的地。悟第一個前來接我。

「奈奈，對不起喔。你很寂寞吧。」

不不不，一點也不會。我和講話辛辣的金吉拉也聊得相當開心。真希望最後可以稍微打聲招呼。才這麼心想，悟在走出房間之前，替我將籠子的格形蓋子轉向屋內。

「奈奈，向大家說再見吧。」

我先走啦，我說。狗兒們一同甩甩尾巴。

Good luck.

金吉拉這麼說了。Good……什麼？

好像是祝你好運的意思。我家主人常常說這句話。

這麼說來，藍眼睛的主人和日本女主人來見過金吉拉。看來他基本上以日語記住了人類的話語，但也大致聽得懂主人在說什麼。

謝謝你。**那我也說聲Good luck**。

於是我和悟告別寵物室，走出船艙，坐進銀色休旅車。

駛出渡輪口，蔚藍的青空在眼前延展開來。

「奈奈，我們總算登上北海道囉。」

感覺是地面非常平坦的遼闊無邊土地。從車窗往外看見的景色雖是尋常街道，但空間分外寬敞，路寬也比東京一帶還寬。

奔馳了片刻後，景色變作郊區。四周更是空曠，教人心曠神怡。路上行車數量也不多，可以悠哉從容地享受兜風樂趣。

今日陪伴旅程的音樂，依然是從那首彷彿會跑出鴿子的樂曲開始。

路邊交錯地盛開著紫色與黃色的花。它們隨心所欲生長，應該不是花圃，而是野花。北海道的道路即使無人維護，照樣花繁似錦。與以水泥和柏油密密實實鋪起的東京道路截然不同，這裡即便是看似鬧區的地方，路邊仍舊保留著泥土地面。多半是這個原因，土壤得以好好呼吸，風景恬靜溫和。

「黃色的花是麒麟草，紫色的花是什麼呢？」

悟也留意到了野花。相互交錯的紫色與黃色非常鮮豔顯眼。紫色的花並不是單調的單一紫色，由濃到淡，深淺不一。

「稍微停下來看看吧。」

悟將車子停在路肩變寬的地方。我也在悟的懷抱中下了車。偶爾會有零星的車輛經過，因此悟沒有把我放到地上，直接抱著我走近紫色野花。

「原來是野菊。但這種花在我的印象中，好像更纖細脆弱一點呢……」

野菊奮力向上生長，莖的部分開出了無數花朵，整體形狀就像倒立的掃把。看起來一點也不纖細脆弱，反而強悍有力。

啊！

發現的同時，我伸出手。蜜蜂在花叢間飛舞。

「奈奈，不行，被叮到的話怎麼辦。」

就算你這麼說，但這是本能嘛。我朝著蜜蜂揮了揮手，悟終於牢牢扣住我的兩隻手。

嘖！飛來飛去的蟲很刺激又好玩呢。放開我！我試著掙扎，但悟抱著我再度坐進休旅車。

「只是捕捉的話那倒還好，但奈奈都會吃了他們。嘴巴裡要是被針刺到，會很傷腦筋吧。」

一抓到東西，當然要先咬再說。在東京，每當我打死了偶爾跑出來的蟑螂，也會啃咬他們。雖然堅硬的翅膀就像在啃咬賽璐珞一樣，我無法接受，但身體相當柔軟，風味絕佳。

每次發現我吃得散落一地的蟑螂殘骸，悟都會發出淒厲的尖叫聲。人類究竟為什麼如此討厭蟑螂？分明構造上和獨角仙還有金龜子差不了多少，看到獨角仙和金龜子時，也不會發出慘叫聲。反而在貓看來，移動速度越快，我們越覺得好玩又充滿挑戰性。

駛下河岸邊的道路，不久來到了沿海道路。

——哇啊！

「嗚哇！」

我和悟幾乎同時發出驚歎。

「就像大海一樣呢。」

道路兩側是一整片無邊無際的芒草。芒草白穗淹沒了平坦又遼闊的原野，一直延伸到盡頭。白色的浪頭直到盡頭都隨風搖擺。

距離上一次停車沒有間隔太久，但悟再度停下車子。路肩相當寬敞，也少有來車，想隨處停在哪裡都可以。

行車不多，但悟讓我下車時，還是繞到副駕駛座將我抱下來。是擔心我會突然跳到馬路上吧。悟真是過度保護呢，但如果他能因此安心的話，我也不介意被他抱著。而且悟的手掌很大，擁抱很沉穩，我也非常放心。

不過，真想從高一點的地方俯瞰這片景色。我從悟的懷抱溜到肩膀，伸長了身子，視線的高度正好和悟一樣。

風沙沙低吟。芒草的花穗蜿蜒起伏，不斷蔓延至雙眼也無法望見的遠方。彷彿追趕著在盡頭消失的穗浪，另一波穗浪接著誕生。

悟說得沒錯，簡直就像地面的海洋。和大海不一樣，不會發出轟隆隆的沉悶可怕聲，所以我也許比大海還喜歡這裡。——如果是這片海洋，連我也能游泳。

我輕輕跳下地面，鑽進芒草之海。

景色一鼓作氣切換。眼前全是茂盛的芒草莖，仰首望去，白色花穗在遙遠上方搖來晃去。最後是花穗上方的高聳澄澈青空。

「奈奈？」

悟的呼喚聲擔心地追了過來。

「奈奈，你在哪裡？」

踏著乾草的聲音傳來，看樣子悟也走進芒草大海了。這邊喔，我在這裡，就在悟身邊。

但是，悟的聲音一邊呼喚著我，一邊越離越遠。奇怪了，我看得見悟，悟好像看不見我。是因為完全被芒草埋沒了嗎？

真沒辦法呢。為免悟迷路，我尾隨在後。

「奈奈。」

是是，我在這裡喔。我回應了悟，但我的聲音似乎被風吹散，沒有傳進悟的耳裡。

「奈奈！」

悟的聲音漸漸變得焦急。

「奈奈！奈奈，你在哪裡！」

見悟開始朝遠方疾呼，我終於看不下去，用盡全力大叫一聲。

都說在這裡了！

在仰望著的芒穗更上方，逆光之下，悟背對著蒼穹俯身看向我。視線與我相會的那一瞬間，僵硬的臉龐忽地放鬆——緊接著眼眶也是。滑過臉頰的水珠反射著日光。

悟不發一語地跪在地上，將我緊緊抱在懷裡。哦，有點痛呢。內臟要跑出來了。

「笨蛋！要是在這種地方迷路，我就再也找不到你了！」

悟怒斥著，聲音在哭。

「你這麼小，這裡根本和樹海沒有兩樣吧！」

去富士山的時候，悟告訴了我何謂樹海。聽說在樹海裡指南針無法作用，會讓人分不清楚東西南北。

真是傻瓜，我才不會跑遠到跟丟悟呢。

「不要丟下我……留在我身邊吧。」

啊——終於。

你終於說出真心話了。

我一直都知道悟有這種想法。

也知道你為了將我送走，明明拚了命地尋找新飼主，卻在每一次會面失敗後，都如釋重負地帶著我回家。

嘴上對著會面的對象說：「真可惜。」但回程車上，看見你那般興高采烈的笑臉，我怎麼有辦法拋下悟，離開前往其他地方呢。

我絕對不會丟下悟不管。

悟壓著聲音哭泣，我小心翼翼一遍又一遍舔著他的手。

沒事的、沒事的、沒事的——小時候被迫與悟分開的小八，肯定也是同樣的心情。不得不與如此思慕自己的孩子分開，小八心裡會有多麼不捨啊。但是，無論是孩子還是貓，都無力推翻那樣的現況。

但是，悟已經不是小孩子了，我原來是野貓。這次我們一定可以實現自己的願望。

好了，走吧。這是我們最後的旅程。

最後的旅程中，要將無數美景盡收眼底。就將我們的未來，賭在可以看見多少動人美景上吧。

我那7字形的鉤狀尾巴，一定會將沿途看見的動人美景都吸引過來。

回到車上，再度驅車行駛後，彷彿會出現鴿子的CD播完了。而後，低沉又悅耳的女性歌聲，以不可思議的抑揚起伏，唱起了我感到陌生的不可思議語言。

彷彿會出現鴿子的樂曲聽說是媽媽喜歡的歌，而這首是爸爸喜歡的歌。

道路兩邊始終鑲嵌著紫色與黃色野花。

休旅車順暢無阻地行駛著。——上次停下來等紅綠燈是多久以前的事了？偶爾經過城鎮，才會遇到彷彿突然冒出的紅綠燈，但一到郊外完全看不見。信號燈的數量之少與高速公路不相上下。

偏離沿海道路，進入內陸，道路兩旁是一望無際的繁茂原野。不久之後原野消失，換成了人類修整過的平緩山丘。

真驚人，原來地面也會如此平坦又宏偉。這裡的地面與至今去過的土地地面都不一樣。

路旁土地開始出現以木頭製成的柵欄。那些柵欄圈起的區塊中——嗯？有某種碩大的動物將鼻尖朝向地面，咀嚼著青草。那是什麼？

我將手搭在副駕駛座的窗框上，踮起腳尖。對了，由於我經常像這樣踮腳欣賞風景，不知從什麼時候起，悟就用大箱子和坐墊為我加高座位，方便我看窗外景色。但是，一旦出現令人好奇的東西，我還是忍不住向外傾身。

「啊，那是馬喔。這一帶都是牧場。」

哇，那就是馬嗎！我在電視上看過，但這是第一次看見真正的馬。馬在電視上看起來非常龐大，在路邊吃著青草的馬確實也很巨大，但身材比較纖細。

我回頭看向已甩在後頭的馬，悟笑了起來。

「你喜歡看的話，下次再看到馬，我就停下來吧。」

接下來路過的牧場，圍著馬匹的柵欄與馬路有段距離，馬兒遠得看起來相當嬌小。

「離得有點遠呢。」

悟感到可惜地走下車，再次從副駕駛座將我抱出來。

然後「磅」一聲關上車門——明明遠得看起來比悟的手還要小，馬兒卻停止吃草，抬起頭來。

馬兒與我們之間的空氣赫然緊繃。馬兒豎起耳朵，筆直望著這邊。瞧瞧——真是神經敏銳的生物。

「啊，奈奈，他在看我們耶。」

不單是看，是在觀察我們喔。觀察我們對他是否有危險。說不定是因為離得遠，才更想看清楚我們的真面目。如果近得一眼就能看出我們是人類與貓的組合，也許反倒會安下心來。

既然身體那般巨大，用不著如此過度敏感吧？但動物皆有與生俱來的性質。體型再怎麼龐大，馬兒畢竟是草食者，草食者都有被肉食者狩獵的記憶。不由自主就會膽小畏縮。反之，我們貓兒如此嬌小，卻是屬於狩獵的那一方。狩獵者即是戰鬥者。我們貓兒也會對未知的事物提高警覺，但不得不開戰的時候，面對比自己大上數倍的生物，仍然會膨起尾巴。

半感到好玩地戲弄貓的狗最後會哀嚎著捲起尾巴，也是同樣的道理。即便是比自己大上十倍的大型犬，我們該應戰的時候就會挺身戰鬥。

仔細想想，狗已經很久不狩獵了。獵犬也是為了主人才追捕獵物，不會自己給予獵物致命一擊。這點是與我們貓兒的決定性差異。縱然只是抓到蟲子，我們追捕獵物的時候，必定自己了結獵物的性命。

有無這種「了結性命」的感受，在動物間是極大的差異。馬兒確實比我大上幾十倍，但我不覺得害怕。

我忽然得意洋洋。對於自己是尚未失去獵性的貓感到驕傲。

身為並未失去獵性的貓，面對接下來即將降臨在悟身上的事物，我也決計不會垂下尾巴。

馬兒好一會兒目不轉睛地望著我們，大概是終於認定我們不是急迫的威脅，再度開始吃草。

「挺遠的，不曉得拍不拍得到。」

悟摸索口袋，掏出手機。是附有相機的那種手機。順便說，他最常對著我按下快門。不過，我想別拍那匹馬比較好喔。

悟拿著手機朝馬兒伸長手後，馬兒再度抬頭看向這邊，耳朵又豎了起來。是在警戒做著可疑動作的悟。

直到悟按下快門為止，馬兒都文風不動地站在原地看著我們。

「嗯……果然太遠了。」

悟拍了一張便宣告放棄，收起手機。馬兒仍看著我們——一直看——一直看。

一直看到我們坐回車內關起車門為止，馬兒才總算再次開始吃草。不好意思啊，打擾你了。

明明他只要起腳一踢，我和悟眨眼間就會不支倒地，但有些動物的生存方式就是這樣。

如果是與生俱來的本能驅使著他，真慶幸我是留有戰鬥本能的貓。真慶幸我是不會向比自己大的事物屈服、威風凜凜的貓。

由於能夠重新確認這件事，在我心目中，與這匹馬的邂逅有著重大意義。

一路上，我看見了許多從來不曾見過的景致。

樹幹雪白的白樺，結滿成串鮮紅果實的合花楸。

名字全是悟告訴我的，也是他告訴我合花楸的果實是鮮紅色。不知是什麼時候，電視上某個學者說過：「貓不擅長分辨紅色。」

「嗚哇，合花楸的果實是鮮紅色呢！」

悟如此大叫後，我才知道「鮮紅」是什麼色彩。雖然在我和悟的眼中肯定是不一樣的顏色，但我記住了悟說的「鮮紅」之於我是什麼顏色。

「那棵樹還不算很紅呢。」

悟每次一看到合花楸，都會如此評論，所以我變得非常善於分辨紅色。儘管只是依自己看見的顏色記住悟口中的紅色深淺，但我們共享著相同的顏色這項事實不會改變。我會一輩子記住悟說的各種紅色。

正在採收馬鈴薯與南瓜的田地，已採收完畢的田地。

人類採下馬鈴薯後，先密密實實地裝進大得足以塞下好幾個人的袋子裡，再堆於田地一隅。南瓜在濕潤的漆黑泥地上堆成無數座三角形小山。

這麼說起來，平緩山丘上到處可見白色或黑色的巨大圓形塑膠包，我還納悶為什麼要把好幾個相同的玩具丟在那裡，原來是打包後的已收割牧草。

「因為冬天一到會下很多雪，必須在那之前收起牛馬要吃的牧草。」

雪就是冬季期間，在東京也下過幾次的冰冷白色物體吧。那種東西很快就融化了，不必這麼認真收割吧——這時我還如此心想，但進入冬天以後，我才體會到這裡的雪不能一概而論。颳起暴風雪時，雪甚至大到看不見前面，連我也有些慌了手腳，但這是之後的事了。

雪國的雪可以一路積到屋簷，都市的雪卻至多數天就融化。竟然兩者都用「雪」這個字概括表示，真是教人搖頭嘆氣。

車輛不斷前進，偶爾中途停在便利商店和免下車餐廳歇息，不久窗外的山頭變多，太陽也開始西斜。

黃昏時分翻越過一座山嶺，再次看見了有人居住的城鎮。四周漸漸變暗，彷彿與黑暗玩著捉迷藏般，銀色休旅車在蒼茫暮色中前進。

抵達目的地城鎮的時候，往來的車輛都已經打開了大燈。

「今天之內是沒辦法了吧，也買不到花了。」

悟苦惱地悄聲低語，但沒有直接前往今晚預計投宿的旅館，途中拐了個彎。路寬比幹線道路要窄。

在那條路上驅車直行，不一會兒離開了市區，民房一字排開。由於占地相當寬廣，稱作住宅區總覺得不太適合。每戶人家之間的距離，寬敞到在我們先前居住的地帶簡直難以想像。

半晌過後民家也變得零星稀疏，路面變作坡道。地形是山丘吧。登上和緩的丘頂，繼續開著車穿過盡頭的大門。

占地內一直到遙遠前方都劃分成井然有序的四角形，四角形的區塊中一樣是四角形的石碑整齊羅列。我知道喔，在電視上曾經看過。

是墓地。

人類好像都希望在自己死後的埋葬位置上擺塊漂亮的石頭。我記得當時看著電視，還心想真是古怪的風俗。內容大概是墓越高的話就如何如何。

動物的生命到達盡頭後，會直接在倒下的地方長眠，人類卻事先準備死後的沉睡場所，真是愛操心又不自由的生物。還要考慮死後的事的話，就無法率性地隨處倒下了吧。

悟毫不猶豫地在廣闊的占地中開車前進，片刻後在某個區塊停下車。

下車後，悟慢條斯理地穿梭在墓碑之間，最終停在一塊白色石頭的墓碑前。

「是我爸爸和媽媽的墓喔。」

——這裡是悟最後排除萬難也想造訪的地點。

我不懂人類想在自己倒下的地方上擺塊漂亮石頭的心情。但是，我可以理解人類為何想珍惜這塊漂亮的石頭。

長時間開車已經很累了吧，悟依舊開著銀色休旅車來到這裡。帶著與小八一樣有著八字形斑點，鉤狀尾巴與小八相反、呈現7字的我。

貓可不是無情到無法尊重這種思維的生物。

「我一直很想和奈奈一起來掃墓。」

我知道。我用額頭蹭向爸爸與媽媽的墓碑。

兩位好，很榮幸可以見到你們。小八是一隻好貓，但我也非常優秀吧？

「抱歉，因為太趕了，明天我再帶花過來。」

悟說完，在墓碑前蹲下，花筒裡插著有些枯萎的花朵。「對喔。」悟低喃。

「前陣子是彼岸[9]……阿姨來看你們了吧。」

悟憐愛地撫摸枯萎的花朵。

「對不起，沒辦法常常來看你們。早知道應該多多過來。」

為了不打擾到悟，我稍微走開。但消失的話又會讓悟擔心，所以我待在悟勉強還能看見的視野角落。

與我生活的這五年來，悟充其量只有幾次離家掃墓。

真希望以後也帶奈奈一起去，你長得和小八一模一樣，爸爸和媽媽一定會大吃一驚——悟總是這麼說，從前卻一次也沒有帶我來過。

悟的工作非常忙碌，年紀尚輕的他偶爾休假也想見見朋友，又有公司的交際應酬，所以這也是無可奈何。對於和我一起旅行，「真想以後一起出門遠行呢」這句話也是始終掛在嘴邊，在事態演變至此之前都未能實現。

9. 譯註：春分與秋分前後共七天期間。日本人在此時祭祖掃墓，為已故親友祈福。

但是，悟並不是不想來。倘若時間和經濟許可，隨時都想過來。爸爸和媽媽也一定可以諒解，因為他們是悟的爸爸和媽媽啊。

「奈奈，過來。」

悟呼喚我，將我抱到大腿上。撫摸我的同時，不知對爸爸和媽媽說了什麼。

這座城市是悟媽媽的故鄉。務農的外公和外婆很早就去世了，當時還年輕的悟的媽媽和阿姨無力維護農地和房子，只好轉賣他人，但聽說媽媽一直對此感到後悔。

尤其在悟成了家庭成員以後。

她擔心只遺留著墓碑的故鄉，對孩子來說太冷清寂寥了。但是，悟媽媽那邊的親戚好像不多，屈指可數的親戚也已經分散各地，所以也是莫可奈何。

這世間多的是不如人意的事。

一會兒後悟抱著我站起來。

「明天我會再來。」

留下這句話後，悟回到車上，穿過已完全沒入夜色的城市，駛向今晚投宿的旅館。

這天的下榻處是小巧整潔的商務旅館，但也備有可供寵物入住的房間。悟翻閱雜誌時，上頭只寫可供小狗入住，但打電話確認後，貓「當然」也沒問題，真是體貼機靈的旅館。

悟開車一整天累了吧，一度出去吃晚餐順便買東西，但一個小時左右就回來，旋即倒床不起。

相對地，隔天很早起床。

他動作俐落地收拾行李，離開旅館的時候太陽還在遙遠東方。

「真傷腦筋，花店都還沒開門。」

悟在車站前繞了一圈，一籌莫展。

「去靈園的半路上會遇到已經開始營業的花店嗎……」

悟決定先出發再說，但果然花店都尚未開門。於是悟途中在路旁停下車子。

「只好用這個代替了。」

語畢他開始摘採——從昨天起一直為我們奔馳的道路點綴色彩的紫色與黃色花朵。

這個不錯，反倒是這些花比較好。不但夠漂亮，帶著昨天起悟一直眺望著的花朵過去，爸爸和媽媽也會比較開心吧。

我也尋找開有許多花朵的野菊，再告訴悟。「奈奈也幫忙找嗎？」悟笑道，摘下我伸手搖晃示意的花兒。

悟摘了一大把的野花抱在懷裡，我們再度前往昨天的靈園。

昨天暗得看不清楚，但登上山丘後，底下平坦的城市一覽無遺，一直到不見建築物蹤影的城市邊界。

天剛亮的靈園清爽素淨，淡然自若。明亮遼朗，氛圍甚至有些活潑輕快。這麼說來，昨天過來的時候，明明待在天色昏暗的墓地裡，卻不怎麼覺得恐怖。墓地和寺廟可是鬼故事裡固定會出現的場景，卻完全沒有幽靈那類心懷怨恨的鬼怪會跑出來的陰鬱氣息。

你問我們貓兒看不看得見幽靈？這個——各位知道嗎？這世上有些事情還是永遠都不為人知比較好。

悟拿著摘來的花和掃墓道具走下車。道具是昨晚預先買好的吧。

先打掃墓地，抽起原先插在花筒裡的枯萎花朵，替花筒換水，再插上摘來的鮮花。我們也摘了一些生長得茂盛繁密的大波斯菊，搭配出的色彩輕巧鮮豔。

花筒上已經插滿了花，但摘來的花仍然大半有餘，悟說：「等一下還會用到。」然後用沾濕的報紙將剩餘的花包起來，放進車內。

悟撕開買來的饅頭與糕點外包裝，供在墓前。不一會兒工夫螞蟻開始聚集，想必不久之後會被烏鴉或鼬鼠叼走吧，但總比靜靜腐爛好上許多。

然後點燃線香。豪邁地直接點燃整束線香似乎是悟家的作風，但我覺得有些太嗆了，躲到上風處避難。

悟坐在邊界石頭上，凝睇著墓碑良久。我磨蹭他的膝蓋，他微笑著摸摸我的下巴。

可以和奈奈一起來真是太好了。悟以小到幾乎聽不見的音量輕喃。

音色中帶著幸福。

我躡腳走開以免打擾到悟，在悟看得見的範圍裡散步。圍著占地種植的低矮樹叢底下，長著莖葉挺拔的款冬。

款冬底下類似蟋蟀的東西跳了一下——是我的錯覺嗎？我朝款冬底下用力嗅了嗅，不一會兒悟走上前來。他已經和父母聊完了嗎？

「奈奈，怎麼了嗎？你整個身子都鑽進款冬底下了。」

呃，剛才這下面……

「有什麼東西嗎？」

嗯，有某種動作非常敏捷的東西。雖然只有一瞬間，但我看到那東西跳了一下，也還殘留著不可思議的味道。

我朝著款冬葉底下頻頻嗅聞後，悟笑了起來。

「難不成你看到了克魯波克魯[10]？」

那是什麼？

「那是住在款冬葉底下的小人喔。」

什麼！真是前所未聞，沒想到這世上有這種奇妙的生物！

「在我小時候非常喜歡的童話故事書裡出現過。」

10. 譯註：日本阿伊努族傳說中的小人族。在阿伊努語中一般解釋為款冬葉下的小人。

什麼嘛，原來是童話故事。

「我爸爸和媽媽也非常喜歡那則故事。記得我開始看那本書時，兩個人都高興得不得了。」

悟又說了許多關於小人的事蹟，但如果僅是童話故事，貓的好奇心就會減半。我大大打了個呵欠後，悟揚起苦笑。

「奈奈不怎麼感興趣呢。」

因為貓是現實主義者嘛。

「不過，假使真的發現了，可不要捉他們喔。」

是是，我知道了。如果真的存在，我可能會有些躍躍欲試吧，但看在悟的面子上，我不會出手。

悟最後再一次坐在墓前，雙手合十。我也以臉頰蹭向墓碑邊角，表示親愛之意。

祈禱了一會兒後，悟直起腰桿道別：「那麼，後會有期。」已經沒有任何遺憾了吧，他一臉神清氣爽。

車子再度發動，悟順路拜訪靈園裡的另一處墓。

「這是外公和外婆的墓喔。」

他將剩餘的花全部插進這裡的花筒。供上撕開了包裝紙的糕點、點燃線香，這些步驟和為爸爸媽媽掃墓時一樣。

悟的緬懷時間不長，但悟從未見過早早辭世的外公和外婆，這也無可厚非。

「好了，我們走吧。」

下一站是阿姨居住的札幌。

銀色的休旅車終於駛向最後一段旅程。

🐾

在司空見慣的路途中。

那是開鑿略高山丘闢成的道路，道路兩側由陡坡包夾。土堤上排列著白樺樹，白樺樹根直至斜坡中段長滿了山白竹。

在北海道，這是稀鬆平常又隨處可見的光景。

行駛在這片景色中，悟忽然「啊」的一聲，有些臨時地煞車停下車子。緊急到我微微往前傾倒。

喂，喂，究竟發生什麼事啦？

「奈奈，你快看！」

我聽從地隔著車窗轉頭看向後方——哇哦，真是不得了。

是背部有著白色斑點的鹿。分別是兩頭大鹿，和一頭較為嬌小的鹿。肯定是父母和小孩。背部的底色與冒著草叢的地面融為一體，形成完美的保護色。

這般巨大的動物明明如此靠近，我卻沒有注意到，真是無懈可擊的隱身術。

「起先我還沒發現，但其中一隻鹿背對我們後，我才注意到。」

背對我們的鹿的屁股是毛茸茸的白色愛心符號，這才讓保護色破了功。

「開窗看看吧。」

悟往副駕駛座傾身，按下降下車窗的按鈕。車窗發出了「嗡嗡」的微弱機械聲，一邊下降——於是鹿兒們動作一致地回過頭來。

空氣倏然緊繃。

嗯，這就是那個吧。與馬同種類的生物。分兩邊站的話，是被狩獵的那一方。

「讓他們心生警戒了嗎？」

悟暫且不再按下車窗，觀察情況。鹿定睛望著這邊，隨即是父母的那兩頭鹿身手矯捷地奔上陡坡。

還留在原地的那頭年輕的鹿目不轉睛地看著這邊。警戒心還很薄弱吧。

然而，大概是父母焦急地在土堤上方叫喚，年輕的鹿將心形符號朝向我們，也跟著奔上斜坡。

「唉，走掉了……」

悟惋惜地窺伺山路上方。

「不過，真難得，我還是頭一次在這麼近的路邊看到鹿。」

一定是我尾巴帶來的好處。看來７字形的鉤狀尖端還會勾來許多美好的事物。最美好的禮物，在目送鹿離開的片刻過後接著到來。

眼前依然是司空見慣的景致。在非常和緩的山丘盡頭，重疊著同樣起伏和緩的城市周邊森林。

來到覆蓋著薄薄一層烏雲的天空底下時，下起了雨。是太陽雨般輕柔的雨。

「好驚人，這裡是下雨的邊界呢。」

悟心情愉悅地繼續開車，但通常貓一遇到下雨就心情憂鬱。我現在可是很希望早點抵達晴天的邊界。

我的願望不一會兒便實現，雨絲變小到稀稀疏疏。又是「邊界」。陽光再次灑落下來。

悟坐在駕駛座上倒抽口氣。昏昏欲睡的我聞聲也抬起頭來。悟緩緩減速，在路肩停下車子。

前方山丘上立著七色彩虹的虹腳。

「……真驚人。」

嗯，我承認，這很驚人。比起下雨的邊界驚人多了。

畫出和緩弧形的虹腳穩穩地踏在山丘上。追著弧形，另一隻腳踏在另一座山丘上。

我是生平第一次看見彩虹虹腳。屏著氣息的悟肯定也是。

此時此刻，我們正一同注視著有生以來第一次看見的景色。

「我們下車吧。」

悟小心翼翼地下車，彷彿擔心突然一動，彩虹可能會消失。

悟從副駕駛座抱起我，兩人一同舉目仰望。

彩虹的兩端依舊牢牢地立在地面上，頂端雖然有些淡薄，但不曾中斷，描繪出了完美的弧形。

我曾在哪裡見過這個色調。思索了幾秒後，立即想到。

是早上供在墓前的花。每株顏色都有不同濃淡的紫色野菊、鮮豔的黃色麒麟草，最後是大波斯菊。

如果在供於墓前的花束覆上薄紗，正好就像彩虹一樣。

「我們在墓前供奉了彩虹呢。」

聽到悟如此低喃，我欣喜不已。果然我們是連成一氣的完美搭檔。

我用力往上仰頭取代挺胸，又發現了另一幕驚人的景色。

我仰著頭「喵」地叫了一聲後，悟也抬起目光注意到了。

在踩穩了雙腳、劃出完美弧形的彩虹上方，還有另一道——雖然很淡，但非常非常非常巨大的彩虹。

悟再次倒吸口氣，「好漂亮。」這次的呢喃聲變得沙啞。

竟然能在旅途的最後看見這樣的風景。——竟然能和悟兩個人一同看見此生初次見到的景色。

我和悟這一生都不會忘記今天的彩虹。

一輩子也不會忘記彷彿祝福著我們旅程尾聲的這道彩虹。

直到四周完全放晴、彩虹融於天際之前，我們一直站在那裡。

這是我們最後的旅程。

最後的旅程中，要將無數美景盡收眼底。就將我們的未來，賭在可以看見多少動人美景上吧。——昨天，懷抱著這樣的誓言踏上旅途。

我們看見了無數動人的美景。

既然看見了無數動人的美景，既然在最後的最後還看見了雙彩虹的虹腳，我們的未來肯定受到了祝福。

就這樣我們抵達了札幌，結束了旅行。

Report-04

法子

上一份工作很常調動，搬家已是家常便飯。從裝有生活必需品的紙箱開始，循序漸進一一拆開行李。每清空兩、三個紙箱，她便壓扁紙箱，確保整理空間。

不過，她原本就不習慣為住家添置太多家具，所以行李也不多。

她從剛打開的紙箱中拿出掛鐘，時間已過正午。由於還未找到用以掛起時鐘的掛鉤，就先放在客廳沙發上。每次搬完家打開行李的時候，她都心想下次一定要連同掛鉤一起打包，但唯獨這件事每次都忘。

搬家期間她必定把手機放在口袋裡，以免放在一旁弄丟就糟了。此時開著靜音模式的手機震動起來。是簡訊。

寄件者是宮脇悟。他是香島法子的外甥，也是姊姊的遺孤，宮脇是姊夫的姓。

「對不起」的標題旁加上了可愛的表情符號。法子不會在簡訊中使用表情符號。年輕一點的時候，她曾想過可能會顯得比較親切，也嘗試使用了表情符號，但周遭的人一律露出怪異的表情，所以她終究未能融入表情符號文化，如今也已五十來歲。

『我本來說中午過後會到，但可能會再晚一點。讓妳一個人整理搬家的東西，真是不好意思。』

悟說過會先去為姊姊夫妻倆掃墓上香再過來。是緬懷的時間久了點吧。

法子先在回信的簡訊標題打上「我知道了」。內文是「我沒問題，路上小心。」然後寄送出去。

簡訊寄送出去後，她忽然憂心忡忡。內容會不會太冷淡了呢？悟要是以為她生氣他遲到，才寄這麼冷淡的簡訊，那可怎麼辦才好。

法子打開剛送出的簡訊，重新看了一次。同樣是簡單的聯繫，與悟短短的文章裡充滿親暱感的簡訊相比，自己的簡訊完全是固定用句的刻板文章。該再補充一點內容嗎？

她心想再打一封簡訊吧，標題寫上「再啟」，打開了新的簡訊頁面，卻想不到輕鬆的閒聊話題。煩惱再三後，打了「小心別趕時間而發生意外」再寄出去，但才剛寄出去，她立刻又覺得早知道不該寄的。

必須彌補才行，於是又寄了第三封。標題是「再啟二」，內文為「我擔心你會在意時間，勉強自己開太快」。寄出去以後，又驚覺在他開車途中連寄好幾封簡訊，反而會使他分心，根本是本末倒置，整個人垂頭喪氣。

不一會兒工夫，手機又收到了簡訊。是悟。標題欄中寫著「（笑）」。

僅是看到這個毫不介懷的標題，法子便如釋重負。

『謝謝妳這麼擔心我。我會謹記妳的叮嚀慢慢開車。』

最後又附上了可愛的揮手表情符號。

法子突然對自己的不中用感到疲倦，癱坐在沙發上。——竟然讓小自己兩輪以上的外甥在這種小地方上安慰自己，真是太沒用了。

但回想起來，悟和自己一直都是這樣。從姊姊夫妻倆過世，她收養了才十二歲的悟時起，始終都是。

姊姊無論何時都盡力給自己最好的，但自己是否也對姊姊留下來的悟做到了同樣的事情？會不會只是在經濟上沒讓他吃到苦而已？這些疑惑經年在胸口盤踞不去。

法子與姊姊相差八歲。

在法子才剛開始懂事時，母親就去世了，父親也在高一的時候亡故，因此在她心目中，姊姊也是等同家長的存在。

父親過世時，她原本打算放棄升學，也是姊姊說她難得頭腦聰明，供她就讀大學。姊姊高中畢業後，在當地的農業合作社上班，當初似乎一併考慮到了法子的升學問題，才決定了自己的出路。考慮到家中的經濟狀況，縱使父親還健在，要讓兩個女兒都上大學也不是易事。

法子應屆考上志願法學系的那年春天，姊姊也從當地被調到了札幌。法子就讀的大學不在北海道，兩人雙雙離開家鄉後，姊姊趁這個機會將父親遺留下來的農地和山林全部轉賣。

姊姊說，因為一個個零散賣掉也賺不了多少錢。至今都是出租給鄰近的農家，但租金並不高。全部賣掉的話，金額也相當可觀，暫時就靠著那筆錢供應學費和生活費。

由於至少想把老家留下來，起初租給了他人，但在法子大學畢業之前，老家也賣掉了。因為姊姊準備結婚，必須籌措剩下的學費。姊姊也不可能成立了新家庭後，還繼續扶養妹妹。

對不起喔，沒辦法等到妳畢業再結婚。

姊姊如此道歉了好幾次，但法子知道即將成為姊夫的人始終沒有怨言地等著姊姊。是因為工作調動，必須離開北海道，他才會求婚。

但這只是表面上的理由，另外還有一個有些不好啟齒的理由。姊夫家人因為姊姊不僅父母雙亡，還扶養著法子，所以反對他們結婚。姊夫家境富裕，家人認為生活貧苦的姊姊是看上了財產才會靠近他。

為了讓他與姊姊分手，還安排了好幾次相親，雙方終於再也承受不了這些壓力，這才是真相。

幸好對方不是受不了老家施壓就拋棄姊姊的人。法子自是心懷感謝，不可能反對姊姊結婚。

可是，姊姊，老家留下來也沒關係吧？

為了不使屋子荒廢，才會租給他人，但姊姊希望年老以後可以回到家鄉。

我也再一年就大學畢業了，只要成為司法研習生，就會有收入……

於是姊姊滿臉愁容。

其實已經找不到租戶了。畢竟房子非常老舊。

據說現在的租戶表示如果願意賣給他們，他們還會重新整修，否則的話就想搬出去。

對方提出的條件也不差……我和妳都不住在北海道的話，也無法維護空房子。我們自己加以整修，再重新出租的話，也許還能找到新租戶吧，但預算上有些吃緊。

無人居住的房子無法捱過冬季寒雪。

當時法子才初次體會到，自己連這些事也不知道，姊姊真的是讓她無憂無慮地長大成人。

比起法子，姊姊對於故鄉老家更有著眷戀。然而，姊姊卻為了法子賣掉房子，在過世之前，不曾對法子說過一句抱怨的話。

姊姊為自己付出了多少，總有天要悉數回報給她。法子如此心想，但姊姊夫妻倆卻太早就撒手人寰。

既然如此，至少要盡力給姊姊夫妻倆留下的悟最好的。明明這麼想——但法子多半連這件事也一開始就失敗了。

然後也在無法為悟竭盡全力的情況下，一切就要結束了。

姊姊，對不起。

我肯定沒讓悟過得幸福。

反倒老是讓他在這種小事上為我操心。——標題寫著「（笑）」的簡訊。儘管故作詼諧，卻感受得到充滿悟風格的細膩貼心。

從收養時起，悟就是聽話懂事、善解人意的成熟孩子。但是，那真的是悟原來的樣子嗎？

姊姊常說悟非常調皮，讓人傷透腦筋。但說傷腦筋的時候，又笑得非常開心。

姊姊夫妻倆還健在的時候，悟也確實是調皮搗蛋的孩子。面對偶爾去玩的法子，也會以受寵愛孩子特有的大而化之，天真無邪地向她撒嬌。「阿姨」、「阿姨」地跟前跟後，時而撒嬌，時而也耍脾氣。

曾經那般孩子氣的孩子，卻在她收養之後，沒有說過一句任性的話。與其說是失去雙親一事促使他成長，更可說是法子強迫他長大的吧。

失敗了一次後，她再也不知道該怎麼做才能與悟縮短距離，到頭來都是悟努力淡化距離感。

起碼在最後，她想讓他過得輕鬆自在。她由衷如此心想，卻連阿姨與外甥間的簡訊也處理不好。

至少——法子休息片刻後，從沙發上起身。

在悟抵達之前，儘可能收拾完行李吧。她雖然不擅長察言觀色，但如果是按部就班完成工作，不善言詞的她也辦得到。

即將三點之際，悟抵達了公寓。
「抱歉，阿姨，我遲到了。」
「沒關係，一個人做事也比較快。」
她的意思是用不著介意，甚至其實是一種場面話，但悟聞言露出了畏縮的表情。見狀，她才驚覺自己失言。
接下來兩個人將一起生活，一個人做事比較快這種話，聽起來只像是拒對方於門外。
「住在一起我並不覺得困擾喔，況且我是悟的監護人。」
法子慌忙補充，但又是乾脆別說較好的話語。必須彌補才行，她說話的速度更是變快。
「剩下的只有悟的行李而已，我先放進房間了。其他房間幾乎都整理完了，所以你不需要幫忙。」
看見悟連連眨眼望著自己，法子才發現自己正單方面地滔滔不絕。
「……對不起喔，我還是這副德行。」
她無精打采地垂下肩膀後，悟噗哧輕聲笑了。
「看到阿姨還是老樣子，我放心了。畢竟相隔十三年又住在一起，老實說我有點緊張呢。」
接著悟放下揹在肩上的行李包和手上提著的動物用籠子。

「奈奈，這裡是新家喔。」

打開貓籠的蓋子後，一隻貓立即從中走出。額頭上有著八字斑點，尾巴是黑色鉤狀，除此之外通體雪白。——從前收養悟時，要他送人的貓好像也是同樣的花紋。

貓一臉狐疑地開始東嗅西嗅。

「對不起，結果請阿姨收養奈奈……」

悟過意不去地垂下眉毛。

「我本來想在同住之前想想辦法，但實在找不到新的飼主。雖然有好幾個人願意收養……」

「沒關係的。」

「可是，還讓阿姨搬到可以養貓的公寓。」

悟原本說會在搬離東京的住處前找到飼主，最終沒能如願，帶著貓一起搬家。法子於是搬離先前居住的禁止飼養寵物公寓，四處尋找後搬到了這棟可以養貓的公寓。

這裡也方便今後悟來回醫院。

「啊，奈奈，發現了好東西呢。」

悟瞇起眼向貓搭話。轉頭一看，只見貓不停嗅著還未折起的空紙箱。

「哪裡好了呢？」

法子只覺得是再普通不過的紙箱。

「貓都喜歡跑進空箱子或紙袋喔。還有像是狹窄的縫隙。」

悟彎下腰逗弄貓咪，脖子瘦得宛如老年人，襯衫衣領顯得非常寬鬆。——明明還這麼年輕。

鼻腔深處一陣刺痛，法子急忙走向廚房。

照理說，自己分明還大了兩輪，為什麼會是悟呢？

阿姨，對不起。

她回想那一天，悟打了那通教人絕望的電話。檢查後發現了惡性腫瘤，由於必須立即動手術，希望她簽署同意書。

法子匆匆忙忙拿了些東西便趕往東京，在醫院聆聽說明。情況完全不容樂觀，醫生越是說明，希望好像越是渺茫。

醫生說越快動手術越好，但盡快動的手術卻是無疾而終。癌細胞已經擴散到全身，只能將切開的患部再原封不動地縫起來。

只剩一年可活。

結束了只是切開再縫起的手術後，悟在病房裡為難地笑了。

阿姨，對不起。

他又這麼說了。

你為什麼要道歉？她半語帶責備地反問。悟於是又脫口說了「對不起」，旋即又想對自己說了對不起一事道歉，但趕緊嚥回去，最後又為難地笑了。

接下來要怎麼辦？選擇並不多。

悟辭去了公司的工作，決定搬離東京與法子同住。當最終必須住院，法子就能往返醫院照顧他。

法子原先在札幌擔任法官，藉著與悟同住這個機會辭去了職務。因為法官的調動十分頻繁，說不定會剛好在悟臨終之際又有調動。她仰賴同期的介紹，在札幌市內的法律事務所擔任律師。

悟十分介懷法子換了工作，但退休之後的人生規劃，法子早就考慮轉行當律師，只是提早實踐罷了。

她反而非常後悔，為什麼不早一點——在收養悟的時候就考慮轉行。橫豎現在都要辭職的話，以前辭職也一樣。強迫正值多愁善感時期的悟屢次轉學，在他每每交到朋友的時候，又將他帶離熟悉的土地。

早知他會年紀輕輕離開人世，她真該讓他小時候過得無憂無慮又幸福。

法子邊在鼻頭強忍住淚水，邊佯裝忙著整理廚房，悟開口問了。

「阿姨，可以先放著別折起小的紙箱嗎？奈奈好像很喜歡。」

「玩夠了以後要收起來喔。」

她刻意拉高音量，以免被發現鼻音。

「你馬上就找到停車位了嗎？」

法子只在地下停車場租了一個位子，讓悟的車停在那裡。自己的車子另外租了附近的停車場。

「對啊。是角落的七號吧？阿姨，妳是特地選了七號嗎？」

悟似乎很高興是與奈奈相同的號碼。

「不是，是因為角落清楚顯眼。」

她直截了當地回答事實後，才又心想這種時候即便是謊話，也該附和比較好嗎？法子的個性就是後知後覺。懊惱之餘，她問些無關緊要的小事。

「奈奈是數字7的意思嗎？」

「是啊，尾巴是7字形鉤狀。妳看……」

悟大概想捉起奈奈向她展示，「奇怪了？」隨即納悶地歪過頭。奈奈跑得不見蹤影。

下一秒。

「嗚呀呼?!」

法子發出了高分貝的怪叫聲。因為有某種柔軟的東西蹭向她的小腿。

手上的鍋子一鬆掉落在地，發出了尖銳巨響。貓咪「喵！」地慘叫一聲，一溜煙逃離她腳邊。

貓逃向悟，悟抱起飛奔而來的貓，同時噗哧一笑。是被法子的悲鳴逗笑了吧。

他難受地呵呵忍笑，向她道歉。
「對不起喔。阿姨不喜歡貓，還讓你們住在一起。」
「我並不討厭喔，只是不敢接觸而已。」
法子辯駁解釋。小時候她曾想逗弄野貓，手卻被狠狠咬了一口。不加思索伸出的右手腫了兩倍大，從此她再也不敢碰貓。
然後法子赫然驚覺。——悟什麼時候知道自己怕貓了？
「……不過，沒有收養以前那隻貓，並不是因為我怕貓喔。」
「這種事我當然知道。」
收養悟的時候，因為法子的工作很常調動，才會將貓送人。公務員宿舍多是不能養寵物的房子。想帶貓同住的話，必須自行特地去找可養寵物的出租房屋。
但是，如果自己喜歡貓的話，也許會咬牙下定決心吧。即使不愛貓，喜歡其他動物的話，也許更能體會被迫與貓分離的孩子的心情吧。
悟國中時，曾經在校外教學的地點福岡，晚上偷溜出飯店。後來在車站被老師們捉住，鄭重警告之外，還通知了監護人，當下她心頭一驚。
悟該不會想去見送人的貓咪吧？收留了悟的貓的遠房親戚，就住在從博多搭新幹線一站便能抵達的小倉。悟曾一度委婉說過想見貓，但她回答太忙了，沒有辦法。在法子心目中，貓是已經解決的案件。既然已有值得信賴的飼主收養，沒有必要特地再去看貓。

結果偷溜出飯店是為了陪交情深篤的朋友，但聽完詳細原委後，法子內心又一陣忐忑。聽說朋友是想去與已離婚父母留下了回憶的地方。

悟會不會是與對方的寂寞產生了共鳴呢？悟乖巧懂事，法子總覺得就算是為了朋友，也不至於在校外教學期間做出這般逾矩的行為。

你想見貓的話，我帶你去吧？如此詢問後，悟回答「沒關係」。又說：「這件事跟貓一點關係也沒有。」

既然悟說沒關係，法子也無法繼續探問，終究一直沒有去看貓。

貓在悟高中的時候去世了，當時，悟用暑假打工賺得的錢去探望貓的墓。

法子坐立難安。果然該在貓還活著的時候，讓他們見一面比較好嗎？

「以前我不太能理解悟喜歡貓的心情，真是對不起。如果小時候也讓你繼續養貓就好了。」

「小八直到最後都備受寵愛，這樣就夠了。多虧了阿姨為他找到飼主。」

悟撫摸抱在大腿上的奈奈。

「不過，奈奈讓好不容易找到的歸宿都白費了。妳願意讓他一起搬進來，真的幫了大忙喔。」

接著悟將奈奈的臉龐轉向法子。

「來，奈奈，向阿姨說聲請多關照吧。」

別擅自代替我說請多關照，我還在生氣喔。

話說回來，法子真是有些失禮。因為要和悟一起住在這裡，我心想必須好好相處才行，才會去打招呼。

磨蹭膝蓋可是貓表現最大善意的寒暄方式，嗚呀呼是怎麼回事？竟然喊嗚呀呼！簡直像是大半夜遇見了妖怪。

……算了，看在她一起收留了悟和我，我就大人不計小人過。

初次見面非常失敗，但是就這樣，我們與法子的新生活開始了。

法子這個人完全不了解貓，在我們摸索出適當的距離前，也花了不少時間。

「奈奈，早安。」

法子似乎依她自己的方式想與我和睦相處，打招呼的同時戰戰兢兢地朝我伸長手，但是——竟然馬上就摸尾巴，真不知道她在想什麼。

除非是非常熟稔的對象，否則貓不會讓人馬上摸自己的尾巴。平常的話，我早就毫不留情地展開攻擊了，但看在法子是有恩於我們的屋主分上，我僅是臭著臉別開尾巴。

我很希望透過這個反應，法子會有所察覺，但她每次摸我，必定都是鎖定尾巴。

那天早上悟碰巧撞見，才拯救了我。

「阿姨，不行啦，不可以馬上摸尾巴。奈奈很不願意喔。」

「那該摸哪裡才好？」

「首先像是頭或耳朵後面。親密一點以後，也可以摸下巴下面。」

悟一隻手拿著牙刷，另一隻手邊說邊依序撫摸我的頭部一帶。

「頭、耳朵後面、下巴下面……」

各位猜複述一遍的法子在做什麼？竟然在抄筆記！

「不可以摸尾巴……」

快點吐槽，誰快點吐槽她！啊，在場只有悟一個人而已。

「不用特地抄筆記吧？」

悟笑道，法子一本正經地回答：「忘了的話就糟了。」唉，受不了，妳真是沒用到無可救藥的人耶。

「比起抄筆記，直接摸更容易記住喔。」

「咦？可是，離嘴巴很近吧？」

……離嘴巴很近怎麼了嗎？

「要是他咬我……」

妳真是失禮至極！紳士如我，突然被摸尾巴，還忍耐著不攻擊妳喔！而且被摸尾巴的次數還不只一、兩次！

現在的發言反而很值得我咬妳一口。

「放心吧，妳試試看。」

在悟的催促下，法子提心吊膽地朝我伸出手。……我真的覺得剛才的發言很值得咬她一口，但成熟的我會忍耐的，大家儘管讚美表揚我吧。

不過，這下子我明白法子為何老是鎖定尾巴了。依法子的判斷，尾巴離嘴巴最遠。但其實一般而言，全天下的動物被人從尾巴或背後攻擊時，反應速度遠比對方從正面伸手時要快。

「好軟喔。」

我可是很自豪觸感不輸天鵝絨喔。

「妳看，奈奈看起來也很舒服。」

老實說，法子的動作僵硬笨拙，並不怎麼舒服，但為了配合她的學習，我不介意裝作很享受的樣子。我可受不了她以後每次都摸尾巴。

「呀啊！」

法子慘叫一聲縮回手。我也嚇得縮起身體。怎麼啦？怎麼啦？

「他的喉嚨！喉嚨的骨頭動來動去的，好噁心！」

……簡直失禮到了無以復加的地步！明明不怎麼舒服，我還特別用心讓喉嚨呼嚕呼嚕響耶！

「妳放心吧，貓舒服的話，喉嚨就會發出呼嚕聲喔。」

原則上啦！這次是原則外，別忘了我可是勉強壓下極不愉快的心情，還如此犧牲小我大優待！

「原來貓咪是用喉嚨發出呼嚕聲呀。」

法子終於適應，用手指撫摸我的喉嚨。

「不是喉嚨的話，妳以為是哪裡？」

「我一直以為是用嘴巴呢。」

用嘴巴發出呼嚕聲嗎！妳是傻瓜嗎！——哦，因為衝擊太大，一時間口不擇言。失敬失敬。

法子不再摸我後，我也迅速停止發出呼嚕聲，靈敏地鑽進放在起居室角落的紙箱。搬家之際，悟沒有折起為我留下來的紙箱，狹窄的感覺待起來非常舒服。

「悟，那個紙箱要放到什麼時候？」

「奈奈很喜歡，再放一陣子吧。」

「但我不喜歡這種像是始終沒有打掃的感覺呢。明明我也買了貓咪用的床和貓跳台。」

箱子與床及跳台不能一概而論喔。

法子就這樣惶惶不安地慢慢習慣了貓的生態。

「欸，這個怎麼樣？」

某天法子一邊如此詢問，一邊拿出了搬家時舊紙箱的替代品。舊紙箱在我磨爪子後，已變得十分破破爛爛。

她先將網購的紙箱攤平，重新做成較寬又淺的箱子，再四處貼上膠帶補強。

「這個紙箱又新又大，應該比較好吧？為了禁得起奈奈磨爪子，我還鋪了兩層喔。所以把舊的紙箱丟了吧。角落也都彎曲成奈奈睡覺時的形狀了。」

「嗯，這個呢……」

悟苦笑著瞄向我。——怎麼樣？

我回以哈欠。——完全沒有興趣。

法子一點也不明白。寬敞的箱子只會掃興而已，就失去了鑽進箱子的樂趣。

我無視法子的精心傑作，鑽進舊箱子後，法子一臉大失所望。悟笑著安慰她。

「可能不要加工過比較好吧。下次又有新紙箱的話，試著直接放在地板上吧。」

「虧我這麼努力……」

妳的努力白費了喔。通常貓會自己尋找自己中意的東西，會喜歡別人給予的東西的機率並不高。

之後法子的新紙箱仍好一陣子鍥而不捨地放在舊紙箱旁邊，但不出多久就拿去廢紙回收了。

悟開始經常往醫院報到。醫院近得徒步能走到，但悟總是一大清早前往醫院，直到傍晚才回來。是醫院人很多嗎？診察和治療很花時間嗎？

悟右手臂上增加了許多打針的痕跡，藍黑色的瘀血始終不退，不久左手臂也是一樣。我光是一年一次的預防針就難以忍受，真虧悟承受得住。

但是，無論前往醫院再多次，悟的氣味都沒有變。仍舊是至今許多貓狗說過的「不久人世的氣味」——這個氣味越變越濃。

變成這種氣味的話，沒有生物還會從那裡回來。

法子不時暗自哭泣。這件事只有我知道。法子在悟面前會逞強絕對不哭，但貓似乎不算在內。

現在即使我磨蹭她的腳，她也不再大叫「嗚呀呼」，而是回應地摸摸我的喉嚨，手上傳來了感謝的心意。

城市被埋沒在白雪之下，合花楸街道樹在寒風中益發堅毅，更是結出了火紅的果實。

「奈奈，我們去散步吧。」

明明已經沒有什麼體力，去醫院的日子回來後還直接倒頭睡到半夜，悟卻不曾中斷和我一起散步。

儘管又冷地面又不好走，去醫院和風雪交加的日子外，我們每天都出門。

「奈奈，你第一次在雪國過冬呢。」

肉球感到光滑冰涼的結凍路面。從屋簷往下垂落的冰柱。堆在路邊、變作了千層派的剷好積雪。

並排停在電線上、冷得膨起羽毛的麻雀。公園裡不亦樂乎地在積雪中闢路前進的悠哉狗兒們。城市裡靈巧地鑽進狹小縫隙以抵禦寒冷的貓兒們。

兩個人還有許許多多的事物都是第一次見到。

「哎呀，好可愛的貓咪。在散步嗎？」

天空冷澈透亮的某天，公園裡可愛的老奶奶向我們攀談。

「叫什麼名字呢？」

「他叫奈奈。因為尾巴末端是7字形。」

還向路人說明名字由來的貓奴模樣仍是一如既往。

「可以一起散步，真乖呢。」

「是啊。」

與老奶奶道別後，悟抱起我。

「奈奈很乖，以後也能當個好孩子吧。」

我什麼時候不是好孩子啦？這種不經意的確認太失禮了。

街上隨處可見聖誕節燈彩，電視上幾乎是源源不絕地不停播放聖誕節宣傳廣告。悟和法子切了小蛋糕的那一晚，我眼前也擺著鮪魚生魚片，隔天一早起徹底替換成新年氣氛。

新年當天我得到了雞胸肉大餐，但是我聞了好幾次味道後，蓋上沙子。當然現場沒有沙子，我是蓋上隱形沙。

「奈奈，怎麼啦？你不吃嗎？」

悟偏頭不解。我也很想吃，但這些雞胸肉有股可疑的味道。

「阿姨，奈奈的雞胸肉是平常那種嗎？」

「今天是新年，所以我大手筆買了國產地雞，確實蒸熟了喔。」

「妳蒸的時候加了什麼嗎？」

「為了去除腥味，我灑了一點酒。」

法子，原來是妳多此一舉嗎！

「對不起，奈奈好像因為酒的味道不敢吃。」

「咦？可是，只有一點點喔。」

「因為貓的鼻子很靈敏。」

「鼻子很靈敏是小狗吧？聽說是人類嗅覺的六千倍。」

法子不是壞人，但在這種地方上就是只長個子不長腦。確實狗兒常被盛傳鼻子很靈敏，但不代表貓的鼻子就不靈敏。況且要聞出灑在雞胸肉上的酒味，也不需要有人類六千倍的嗅覺。

「因為貓遠比人類敏感啊。」

悟走向廚房，將平常品質安心又安定的雞胸肉點心放在新的盤子裡，放到我面前，再拿走額外多了一道手續的雞胸肉盤子。

「加了酒的雞胸肉，由我加進雜煮[11]裡吃掉吧。」

法子長長吐了口氣。

「在奈奈來之前，我作夢都沒想過有人會吃貓剩下的食物呢。」

「養貓的話，偶爾都會發生這種情況。而且，這也不是吃剩的，奈奈的嘴巴完全沒有碰到，所以放心、放心。」

悟將雞胸肉放進雜煮湯碗裡。

「讓你吃連貓也不吃的東西，這種話傳出去太難聽了，可別對外人說唷。」

「養貓人士的話，我倒覺得他們可以理解呢。」

接著悟和法子互道一聲「新年快樂」，開始吃雜煮。

「雖然才養了三個月左右，但貓真是奇怪的生物呢。」

哦，新年剛過就向我問好嗎？這個評語真是不能充耳不聞。

「像那個紙箱也是。」

起居室一隅還殘留著搬家時的紙箱。法子充滿怨念地發過牢騷：「真想在過年前丟

11. 譯註：日本新年習俗中元旦時吃的湯物料理。

了它呢。」

「明明新的紙箱比較乾淨清爽……」

真不巧，我可不這麼覺得喔。

「而且都會試著鑽進明顯空間很小的箱子裡，這是為什麼呢？應該一看就知道鑽不進去了吧。」

嗚，踩到痛處了呢。

「前不久還把前腳伸進原本放飾品的空盒子喔。」

「對對對，貓咪都是這樣。」

悟興高采烈地應和。

「像是用來裝手錶的小盒子，還是會試著把手伸進去。」

關於這點只能說是本能。貓總會時時尋找剛好可以容納自己的美好縫隙。

所以一發現開著大口的四角形箱子，本能絕不會讓自己視而不見。因為，說不定、搞不好，我一把手伸進去，箱子就會啟動某種機關而伸長喔？——不過，目前為止這份期待只有撲空的分。

可是，聽說外國也有一隻貓不停打開門扉，相信有朝一日會通往夏天[12]。

「對不起，我已經吃不下了。」

悟沒能吃完雜煮，放下筷子。法子一瞬間露出悲傷的表情。法子只在悟的碗裡放了一塊麻糬，裡頭添加了在百貨公司買來的豪華年菜，悟也只吃了一點點。

「很好吃喔。芋頭、豌豆莢和紅蘿蔔，以前媽媽煮的雜煮裡也一定會放。阿姨煮的飯菜味道果然和媽媽很像。」

「因為對我來說，姊姊的料理就是媽媽的味道。」

「阿姨收養我的時候，我也因為飯菜的味道和媽媽很像，鬆了一大口氣。所以好像很快就適應了與阿姨一起生活。」

然後悟微微一笑。

「幸好是阿姨收養了我。」

法子吃驚地輕輕倒抽口氣，不知所措地眼神左右游移，最後臉龐低垂，小聲念念有詞說：「我……並不是很好的監護人。不是我的話，你一定更……」

於是悟無視法子的細聲低語，又重複說了一次。

「幸好是阿姨收養了我喔。」

法子的喉嚨就像青蛙一樣發出「咕」的一聲。剛見面的時候，是哪裡的哪個人說我用喉嚨發出呼嚕聲很噁心啊？妳才發出了相當嚇人的聲音呢。

「……明明我一開始收養你的時候說了那種話。」

12. 譯註：指美國科幻小說家海萊因於一九五六年創作的小說《夏之門》裡名為彼得的貓。

「因為早晚都會知道啊。阿姨並沒有做錯。」

可是——法子依舊低垂著臉龐，開始啜泣。喉嚨一而再發出了青蛙般的叫聲，期間接連說了好幾次對不起。

「那時候早知道不該說那種話的。」

最後，她以嘶啞的嗓音這麼說道。

接獲姊姊夫妻倆訃聞的時候，法子雖是單身，但前往參加喪禮時就已下定決心收養悟。

她最終什麼也沒能回報姊姊，至少想收養悟。姊姊最牽腸掛肚的就是悟。她想儘可能為悟付出。

姊夫的家人只是形式上出席喪禮，完全沒有提到悟就回去了。在他們眼裡，悟想必只是陌生人的孩子。思及他們如何對待生前的姊姊，這也是理所當然。

留到最後的女方親戚中，也沒有人有強烈的決心願意收養悟。法子表示要收養悟後，也有人擔心地好言相勸：「妳還沒結婚，沒有必要做到這種地步。」大部分人都提議將悟送到福利設施。

悟是姊姊夫妻倆的小孩。如果沒有親人那倒也罷，但既然有親屬有足夠的經濟能力領養小孩，還送到福利設施的話，我認為是種怠慢。

她認為自己只是選擇了適當的措詞，但提議送去福利設施的親戚露出了自討沒趣的表情。講話不懂得修飾，所以法子才會這把年紀還嫁不出去——事後她才聽說叔叔伯伯們如此發過牢騷。

但是，薑是老的辣，講話不懂得修飾這句批評確實一語中的。

喪禮結束，財產也處理完畢，就在法子告訴悟自己將收養他的時候。

「就算我不說，你總有天也會知道，所以我先告訴你吧。悟和爸爸媽媽並沒有血緣關係。」

反正悟遲早會知道，現在告訴他也一樣。因為事實就是事實。——法子原本如此心想，但見到悟聽見時的表情，她才知道自己錯了。

悟的表情彷彿遭到抹除般變成一片死白。瞬間失去所有表情的臉龐，在在表現出了悟受到多大的衝擊。

姊姊夫妻倆過世後，法子趕到時，悟也是相同的表情。空洞的神情像在說他失去了這世上所有一切，依偎著安置在公民館裡的兩具棺木。

法子再怎麼遲鈍，也瞬間領悟到了。——自己在這般短暫的時間內，讓悟二度失去了一切。

守靈夜朋友來了以後，悟才哭了出來。明明之後表情也一點一滴恢復。

自己做出了無可挽回的事情。這份自覺讓她的腦袋一陣沸騰。

「那麼，我真正的爸爸和媽媽呢？」

「你真正的爸爸媽媽是姊姊和姊夫喔。要稱呼對方為親生父母。」

悟沒有做錯任何事，她卻斥責般如此告誡。沸騰的腦袋不聽使喚。

真正的父母是姊姊夫妻倆，親生父母真的只是生下悟而已。不負責任地生下孩子後，還想致仍是嬰兒的悟於死地。

那是法子第一次負責審理的大案件。父母很年輕。足以構成刑事案件的棄養，幾乎已與殺人無異。年輕父母不餵養嬰兒，讓他衰弱到甚至發不出聲音，再用塑膠袋包起來，準備在丟垃圾的日子丟棄。由於丟垃圾的時候垃圾袋動了一下，心生疑竇的鄰居打開袋子，這才發現嬰兒。被叫住的父母還對那名鄰居施以暴行，罪狀再添一筆。

公審結束，向那對父母判處應有的刑責後，悟卻無處可去。兩邊親屬都拒絕撫養悟。悟只能送去孤兒院。

那是一起教人不勝唏噓的案件。儘管可以對犯下的罪行裁定刑罰，卻無法擔保無辜孩子的未來。

理解她無能為力心情的正是姊姊。由於法子負責了重大案件，姊姊始終留意著公審的所有經過。

當時法子還一直大力抨擊，結婚應該改為證照制度。

如果有小孩的夫妻都像姊姊你們這樣，就不會發生這種案件了。

脫口而出後，她的背部流下冷汗。——結婚之後，姊姊才發現自己是無法生育的體質。夫家掀起的譴責聲浪非同小可，姊夫雖與老家保持距離，但不代表姊姊就不再憂心傷神。

那之後不久，姊姊表示想領養悟。就在悟將被送往孤兒院的前夕。

因為妳說如果是我們，一定會成為很棒的父母。

姊姊說完笑了起來。

其實我很早前就考慮領養小孩了。多虧了妳，我才下定決心。然後心想反正都要領養，就選與妳有緣的孩子吧。

法子一時間答不上話。——姊夫老家不可能對此默不吭聲。

姊夫怎麼說？

法子問得婉轉。

老公反對的話，我也不會提出這種要求喔。老公也說橫豎都要領養，就選與法子有緣的孩子吧。

然後姊姊放聲哈哈大笑。

反正再這樣下去，他們一輩子都會對我沒有小孩一事絮絮叨叨，我們就照著自己的心意去做吧。

「你的親生父母只是生下了你而已，真正的父母是姊姊和姊夫喔。所以我收養你也是理所應當的義務。」

她的意思是悟不需要有所顧慮，但義務兩字一說出口，聽來更顯得生疏拘謹。

「悟真的完全不用介意。」

她又補充說了一次，但已經脫口而出的義務兩字並未因此變得柔和，反而好像在強迫悟要介意一樣。

叔叔伯伯們說她講話不懂得修飾，這句責備非常正確。面對才剛決定收養的孩子，她還落井下石似的對他說了不該說的話。

所以才會還嫁不出去。這句話最終也一語成讖。當時她有交往中的男友，但收養了悟以後，不久便分手收場。

還沒結婚就收養小孩是主要原因，但男友也對她沒有找他商量，逕自做出決定一事感到不滿。

妳為什麼沒有和我商量？男友質問。他是我的外甥，我不認為有商量的必要。她回答。

那一瞬間，她從戀人的表情察覺到這段感情結束了。看來自己又粗心地忽略了他人的想法。

要與身邊的人們心靈相通，比搞懂法律還困難。

悟飼養的貓咪決定由遠親收養。

由於是相當遠房的親戚，法子不怎麼熟稔，但對方前來收養貓咪的時候，揉了揉悟的腦袋。

放心吧，叔叔的家人都非常喜歡貓，一定會好好疼愛他。

悟的表情霎時變亮，用力點了下頭。——自從姊姊夫妻倆過世，悟不曾在法子面前露出過那種表情。

親戚三不五時會捎來收養貓咪的照片。不自覺間寄信的間隔越來越長，但每年賀年卡一定會印上那隻貓的照片，賀文中也會加上一句小八過得很好。

貓咪過世的時候，也鄭重寄來通知，更熱情款待前去探望貓的墓的悟。

如果是由他們領養，悟會不會比較幸福呢——時至今日，法子依然常常這麼心想。在所有人都躊躇著是否要收養毫無血緣關係的親戚之子時，只有那個遠親對悟一事表示：「如果有餘力的話，真希望能幫上忙呢。」他們家還是時下少見的、有四個小孩的大家庭。「但畢竟沒有錢啊。」遠親難為情地笑著說。

其實法子也可以提供撫養費，再請對方領養悟吧？自己會收養悟，只是基於不想放開姊姊的遺孤這種自私想法吧？

她一直這麼認為——

法子痛哭失聲。

「我始終心想，如果由小倉的叔叔領養悟，悟會比較幸福吧。」

「為什麼？」

悟吃驚地眨眼睛。

「小倉的叔叔當然人很好，可是，我由阿姨撫養比較好喔。」

為什麼？這次換法子反問。

「因為阿姨是媽媽的妹妹啊。阿姨可以告訴我最多關於爸爸和媽媽的事吧。」

「可是，我對才剛失去姊姊和姊夫的悟說了那種話……」

悟打斷法子。

「我聽到的時候，確實十分震驚。可是，多虧阿姨及早告訴我，我也很早就理解到了自己非常幸福。」

法子露出詫異的表情。悟笑了起來。

「直到阿姨告訴我之前，我完全、徹底、半點也沒想過自己與父母沒有血緣關係。這就表示爸爸和媽媽真的將我當作親生兒子對待。明明親生父母不要我，遺棄了我，另一對爸爸和媽媽卻如此疼愛我，這麼好的事情很少發生吧？」

所以我很幸福喔——悟也曾好幾次一邊笑得非常開心，一邊向我訴說。
爸爸和媽媽當年有多麼疼愛他。他的人生有多麼幸福。
我明白喔。在悟讓我成為悟的貓的那一刻，我肯定也和悟一樣高興。
野貓就算被拋在路邊也是理所當然，悟卻幫助了腳骨折的我。單單如此就是奇蹟，甚至還能成為悟的貓，我是全世界最幸福的貓了。
所以，縱然悟無法再飼養我，我也什麼都沒有失去。
只是得到了奈奈這個名字，以及和悟共同生活的五年。
沒有遇見悟的話，我絕對不會擁有這些。即使悟比我早一步先走，比起不曾遇見悟，遇見了悟的我還是更加幸福。
因為，我永遠永遠都能記得與悟一起生活的這五年。也永遠永遠都能自稱是奈奈，儘管這個名字對公貓來說有些不夠帥氣。
不論是悟長大的城市，
青苗搖曳的田園，
發出了駭人轟隆聲響的大海，
彷彿要緊壓而來的富士山，
這世上坐起來最舒適的箱形電視機，
高貴的老淑女貓小桃，

臭屁又頑固的虎毛虎丸，
肚子裡吞了無數輛車的巨大白色渡輪，
在寵物室裡對著悟搖尾巴的狗兒們，
對我說了Good luck的毒舌金吉拉，
遼闊到一望無際的北海道地面，
路邊盛開的紫色與黃色堅強野花，
海洋般的芒草原，
吃草的馬兒，
鮮紅的合花楸果實，
悟告訴我的合花楸紅色深淺，
纖長的白樺樹林，
氣氛明朗開闊的墓地，
供在墓前的彩虹色調花束，
鹿有如白色心形符號的屁股，
——從地面往上畫出了兩道彎弧的大大大大大大彩虹，
我一輩子都能記得。
幸介、吉峯，杉和千佳子——還有最重要的，將悟撫養長大，讓他與我相遇的法子。

我也能永遠永遠記得環繞在悟身邊的人們。

沒有比這更幸福的事了吧？

「都怪我很常調動，小時候也讓你感到寂寞了吧。每次一交到朋友又不得不分開。」

「可是，我每到一個地方，都交到了新朋友喔。與幸介分開的時候雖然寂寞，但國中的時候認識了吉峯，高中的時候認識了杉和千佳子。雖然與奈奈的會面不順利，但大家都說想收養奈奈。緊要關頭時，有這麼多人願意收養我的愛貓，這樣的人生不能再奢求更多了吧。」

悟朝法子伸長手，以兩手包覆住法子的手。

「就算願意收養的人結果都不行，最後阿姨也一定會收留。」

法子臉龐低垂，肩膀顫抖著。

「最重要的是，阿姨讓我遇見了爸爸和媽媽。所以由阿姨收養我，還能一起訴說爸爸和媽媽的回憶直到現在，我怎麼可能不幸福呢？」

所以別哭了，法子。

與其哭哭啼啼，一直笑到最後，一定會過得更加幸福。

悟開始頻繁住院。

「我過幾天就回來。」

說完摸摸我的頭，帶著過夜的行李走出家門。住院的天數也漸漸拉長。說是三、四天，卻一週後才回來。說是一星期，卻十天後才回來。

從東京帶來的衣服也變得不合身。上衣變得鬆鬆垮垮，褲子鬆得可以往褲頭塞好幾顆拳頭。

後來連在家裡也開始戴毛帽。我不清楚病情，但不只身體，悟的頭髮也越來越稀疏，某天徹底變成了大光頭。我還以為他是在醫院被人剃了頭髮，原來是自己狠下心去了理髮店。

某天，悟準備過夜的行李時，將擺在床頭的照片放進行李袋。是和我一起拍的合照。旅行途中拍的那張照片，從住在東京時起一直擺在悟的床頭。

我恍然大悟。

我抓了抓放在房間角落的籠子，「喵」地叫了一聲。快點快點，需要這個東西吧？

悟拉起裝滿了行李的袋子拉鍊，同時面有難色地笑著看向我。

「說得也是呢，奈奈，你想一起去吧？」

於是悟打開籠子的蓋子。我興匆匆鑽進籠子後，悟關上蓋子——然後讓蓋子那一邊貼著牆壁，重新放下籠子。

喂，喂，你這麼做的話，我就出不去了吧？別開這種惡劣的玩笑。

「奈奈很乖，今後也能當個好孩子吧。」

喂！我喀喀喀地搔抓籠子內部。悟，你在說什麼啊！

悟提著行李袋站起身，沒有拿起我的籠子就打開門。

笨蛋，站住！我更是用力搔抓籠子，用身體撞向籠子內側，豎起全身的毛發出低吼。

「你會當個乖孩子吧。」

少囉嗦，乖孩子根本是胡說八道！我絕對、絕對不允許你丟下我！

「笨蛋，你要乖乖的啊！」

誰才是笨蛋啊，笨蛋！回來！快點回來！

帶我一起去！

「我怎麼可能想丟下你，我最喜歡你了啊，笨蛋！」

我也最喜歡你了啊，大笨蛋！

悟像要撇下我的呼喚般走出房間，摔也似的關上房門。

回來！回來回來回來回來！

我直到最後都要當悟的貓！

我用盡全身力氣吶喊，但被猛力關上的門扉不再打開。我一直喊，一直喊一直喊一直喊一直喊，不久嗓子完全啞了。

不曉得究竟過了多久時間。房間變暗之際，房門喀嚓一聲靜靜打開。關上時的劇烈聲響彷彿是幻覺。

法子走了進來。她將我的籠子拿離牆邊，打開蓋子。

既然不是悟回來了，我才不可能馬上衝出去。我在角落賭氣，一隻手畏畏縮縮地伸了進來。

先是摸頭，再搔耳朵，手指又滑到喉嚨。——法子不再失禮地擔心因為嘴巴很近，我有可能咬她。

以曾經怕貓的人來說，她的成長真是顯著。

「悟說，奈奈就拜託我照顧了，因為你是他重要的貓。」

這種事我知道。我早就知道我是悟重要的貓。

「我已經準備好晚飯了。還撕開了雞胸肉，替你撒在上面。悟說今天要好好討你歡心。」

以為這麼做能抵消丟下我的罪過的話，他可就大錯特錯了。

「悟的病房雖然不大，但是單人房，氣氛也不像是在醫院，所以可以放鬆休養喔。護士們看起來人也都很好。因為悟說最後想安靜度過，之前的醫院就介紹了可以靜養的地方。」

法子撫摸著我，話聲微微顫抖。

「所以悟要我對奈奈說，你不用擔心。」

再怎麼不需要擔心的地方，光是那裡沒有我，就糟糕透了。

「悟一進入病房，首先就是拿出和奈奈一起拍的合照唷。像在家裡一樣擺在床頭，所以他說他沒事的。」

別說蠢話了。照片和真正的我哪邊比較好，答案不用想也知道。真正的我既溫暖又柔軟得有如天鵝絨，當然是有我待在身邊比較好。

——可是。

我舔了舔法子的手。起初她也失禮地說過我的舌頭粗糙不平很噁心。因為法子哭了，等我有心情，我會去吃飯。難得妳費心為我撒上了雞胸肉啊。

除了吃飯和上廁所，我鎮日窩在悟的房裡。

看家的時候，每當玄關門打開，我都抱著一絲期待衝出去，但走進屋裡的始終只有法子一個人。

每一次我都垂下尾巴走回悟的房間。因為見不到悟而垂下尾巴，我一點也不覺得可恥。我因為見不到悟而悲傷，是天經地義的事吧。

法子似乎受悟所託，偶爾會邀我出去散步。但是，對象不是悟的話，我才不想特地走在被寒冷白雪掩沒的城市裡。

悟的自覺還不夠。他一點也不明白在我心目中，悟有著多大的意義。

每天每天我都眺望窗外。窗外的景色無止境無止境地延伸，應該也連向了悟所在的房間。

悟，你那邊還好嗎？

今天的暴風雪很猛烈喔。窗外一片雪白，連街燈也看不見。悟那裡也一樣嗎？

今天是晴天喔。天空又高又晴朗。不過，那種澄澈的藍好像很冷。

今天停在電線上的麻雀膨起的圓度破了新紀錄喔。天空陰陰的，雖然沒有下雪，但外面肯定冷颼颼吧。

一輛鮮紅色的車駛過了外頭的街道喔。是悟告訴我的合花楸果實的顏色。不過，我覺得合花楸的紅色更有讓人驚豔的深度。人類擅長製造顏色，但好像無法連原本顏色的力量也重新呈現。

從悟的房間可以看見什麼景色？悟窗外的天氣和我這邊的窗外一樣嗎？

某天，法子走進悟的房間。

「奈奈，我們去看悟吧。」

妳說什麼！

「因為悟見不到奈奈，看起來好像很寂寞，我就鼓起勇氣提出要求。於是醫生說，在屋內雖然不行，但在庭院散步的時候可以會面喔。」

法子，做得好啊！

我雀躍不已地鑽進法子提出的籠子。法子開的是銀色休旅車。悟住院以後，法子似乎一直是開這輛車，但與悟結束了最後的旅行以來，這是我第一次坐進來。

開車不過二十分鐘就到了。

悟就在這麼近的地方！

如果一起出門的對象是悟，我會火速打開籠子的鎖釦走到外面，但因為是法子，我安分守己地待在籠內。法子不習慣站在貓的立場思考，直接將籠子放在後座的腳踏墊上，所以我只看得見車子內裝。

「你先乖乖等一下，我去帶悟出來。」

法子留下這句話下了車。我聽話地乖乖等待。

你能當個乖孩子吧。你會當個乖孩子吧。臨別前悟如此千叮嚀萬囑咐。——當然。

我當然可以當個乖孩子。我可是一隻不論什麼時候，都知道自己該做什麼事的聰明貓咪。

不一會兒法子走了回來，提出裝有我的籠子。

那間醫院靜靜地佇立在寧靜的住宅區中。停車場後頭是一大片鬆鬆軟軟的雪原。種植的樹木和長椅也鋪上了厚厚一層雪。積雪底下，想必還沉睡著草坪和花圃。

從建築物往外突出的附頂棚陽台上也放著桌椅，天氣不好的日子，這裡就成了休息區。然後——

陽台的屋簷底下，是坐在輪椅上的悟。

我心急得想衝出籠子，但法子提著籠子，所以我謹慎行事，沒有擅自打開蓋子的鎖釦跑出去。

「奈奈！」

悟穿著羽絨外套，整個人看起來鼓鼓的，但與最後分開的時候相比，他又瘦了。臉色也有些蒼白。

這時白得不健康的臉頰浮出了血色。——是我讓他的臉頰出現了溫暖的血色，這種想法絕對不是我自以為是，各位認為呢？

「你們終於來了！」

悟從輪椅上坐起身。我也一樣在看得見的距離就迫不及待。真想扳弄籠子的鎖釦衝出去。——但是，法子不知道我可以扳開鎖釦，忍耐忍耐。

法子總算走到了悟的身邊。我心急如焚地等著她打開籠蓋，隨即衝出去，一骨碌跳到悟的大腿上。

悟無聲地抱緊了我。我也不顧嗓子會受傷地以喉嚨發出呼嚕聲，一再用頭蹭向悟的身體。

兩人在一起時的感覺如此自然而然，不覺得我們卻要分開真的太不合理了嗎？

儘管很想永遠永遠被悟這麼抱著，但冷冽侵肌的寒意幾乎在轉瞬間讓我們連骨頭也凍僵。身體虛弱的悟嚴禁逞強。

「悟。」

法子含蓄地出聲呼喚。悟也很明白，但遲遲捨不得放開我。

「……我把兩個人拍的合照擺在了床頭喔。」

嗯，法子告訴我了。

「所以我不會寂寞。」

這是騙人的吧。太明顯了，連閻羅王在拔你的舌頭前，都會先哈哈大笑。

「奈奈也很有精神。」

最後悟將我抱緊到幾乎要壓出內臟，才終於鬆開手。在法子的催促下，我也乖乖鑽進籠子。

「你等一下，我把奈奈放回車上。」

法子將我帶回車上，然後又回到悟的所在。

差不多可以了吧。我扳弄著打開了籠子的鎖釦，溜出車內。接著坐在駕駛座上，等著法子回來。

過了快一個小時，法子回來了。她感到寒冷地縮著肩膀，在紛飛細雪中走來。

然後喀嚓一聲打開駕駛座車門。——就是現在！

我精準地從駕駛座的腳踏墊鑽了出去。

「奈奈?!」

法子立即追趕我，但賽跑的話，人類不可能贏過四隻腳的野獸。我遠遠將法子甩在後頭，奔過停車場。

「不行！回來！過來這邊！」

法子的呼喊近乎悲鳴。抱歉，我不會聽話喔。

因為我是一隻不論什麼時候，都知道自己該做什麼事的聰明貓咪。

不過，我一度停下腳步，回頭看向法子。

心情愉快地豎起尾巴。

再會啦！

留下一句道別，這次真的頭也不回地奔進茫茫雪景中。

🐾

哎呀呀——再怎麼自視甚高的野貓，北海道的冬天也著實不好應付。

一颳起暴風雪就看不見前方的雪，根本不該和東京下的雪是同一個名字。

這時候，與悟散步的經驗派上了用場。

路上遇見的貓兒們都靈巧地鑽進能夠抵禦寒冷的空隙。當然，這間醫院附近也有強壯勇猛地存活下來的貓。

既是如此，懷有隨時隨地都能變回野貓的覺悟的我，怎麼可能存活不下去。

我以醫院為據點，找到了幾處可以抵擋寒風的地方。醫院因是大型建築物，車庫和倉庫等可供貓鑽進去的空隙豐富多樣，民家的地板底下和鍋爐底下的舒適度也是沒話說。有時相中的地點已有其他貓先到，但大概是冬季的嚴寒培育出了互助合作的精神，比起爭地盤，大多是一起分享場地。

聽說北海道的居民對路人格外親切。法子對悟說過，將醉漢和旅人撿回家讓他們過夜，也不過是家常便飯。

因為不親切的話，他們就會死。雖然最後下了讓人笑不出來的結語，但我認為這個法則也適合套在貓身上。

當地的貓兒們也告訴了我可以取得食物的地方。會提供好吃剩飯的人家和店家，貓阿姨會給餌食的公園。醫院旁邊也有便利商店，我偶爾會寶刀未老地做出惹人憐愛狀，以取得人類貢獻的食物。

當然我也狩獵。冷得膨起的小鳥和老鼠都動作慢吞吞，很輕易就能捕到。

對於好不容易有人豢養、卻投身野貓生活的我，其他貓兒都以看著珍禽異獸的眼神望著我。為何要特意離開，太可惜了。也有貓當面對我這麼說過。他們大概只以為我腦筋不正常了吧。

但是，比起能夠安逸度日的環境，我還有更重要的事。

雪停了。離傍晚還有一點時間。我猜可能性很高，繞到可以看見醫院玄關的倉庫陰暗處。——果然如我所料。

悟推著輪椅走出醫院玄關。

我立即豎起尾巴跑上前，悟露出哭笑不得的表情笑了。

「你也該回去了吧。」

哦，想強行捉住我的話，你也明白下場吧？我會縱橫交加地狠狠抓你的臉，讓你可以玩黑白棋喔。

我露骨表現出警戒後，悟苦笑說：「我已經放棄了啦。」那就好。

我告別了法子以後，法子與悟似乎陷入恐慌。悟一得知我逃走了，還大受打擊到發了高燒。

法子接連幾日都來找我，但我當然沒有遲鈍到會被區區法子找到。

幾天過後，當我出現在魂不守舍地走出陽台的悟眼前時，他吃驚得下巴快掉了下來。嘴巴張得老大，簡直就像唐老鴨一樣。

看吧，我說過直到最後都要待在你身邊了吧。

悟本想趁機抓住我，那可不成。我就像剛被捕獲的鮭魚般猛烈翻身掙扎，逃出了悟的懷抱。

見到保持距離與他對峙的我，悟的表情就像眼看快要號啕大哭的孩子。八成察覺到了我的決心。

奈奈是笨蛋。悟的臉皺成一團小聲這麼說。——這麼說真過分。

我是悟獨一無二的貓。悟也是我獨一無二的夥伴。

高傲的貓如我，絕對不會背棄夥伴。為了當悟的貓直到最後一刻，我不惜成為野貓。

接到悟的通知，法子情緒激昂地趕到。不曉得究竟從哪兒借來的，在車庫裡放了巨大的捕捉用籠子才回去，但奈奈大人可沒有笨到會上那種當。

好一段時間，醫院的工作人員也是我的敵人。多半是受法子和悟所託，他們討好地柔聲引誘，再試圖捉住我。

但是，發現我總在悟走到陽台的時候現身，又在悟回到屋裡的時候撤退，大家似乎有所察覺。

法子將誇張的捕捉用大籠子帶了回去。醫院工作人員也不再柔聲呼喚我，將我當作是普通的野貓，對我視而不見。

就這樣，我成了向悟定時報到的貓咪。

悟會在沒有下雪的日子，出來外頭一會兒。我們一起度過那段短暫的時光。吃著悟帶來的乾糧和雞胸肉點心，在悟的大腿上縮成一團。悟摸摸我的耳後與喉嚨，我用喉嚨發出呼嚕聲。——你看。

就像剛相遇的時候一樣。

你知道嗎？我在成為悟的貓之前，那時就相當喜歡悟了。總是很期待見到悟。

現在更是期待得不得了。因為我得到了奈奈這個名字，得到了與悟生活的五年，如今喜歡悟的心情是當時的幾十倍、幾百倍、幾千倍。

現在可以自由見到悟，我非常幸福。

「宮脇先生。」

護士阿姨前來呼喚。她與悟同年紀，但體型比悟渾圓了許多。

「抱歉，我馬上回去。」

悟回答，緊緊抱住我。離別之際，悟一定會用力抱緊我。這也許是最後一次了的心情透過他的手臂傳來。

掰掰，明天見。一定要在這裡再見面。

我舔了舔悟的手，跳下悟的大腿。

題外話，我成了定時至醫院報到的貓後，混熟的貓兒們也跟著有了口福。

醫院的工作人員和訪客都折服於堅強又可愛的我，開始有人悄悄在醫院各處放置餌食。大家都以為只有自己一個人偷偷這麼做，沒這回事，意外地人數還不少。

我一個人也吃不完，正好可以回報給待我親切的貓兒們。

暴風雪持續了好幾天。

雪總算停了，我鑽進可以窺伺玄關的倉庫陰暗處。

久違的陽光明媚大晴天，悟卻沒有走到陽台。

日落時分，法子開著休旅車來到醫院，臉色鐵青。

我跑上前，她便說：「抱歉，你先等一下。」然後慌慌張張走進醫院。

暴風雪期間，悟的病情急遽惡化。

終於嗎？法子的心情彷彿吞了鉛塊，在傾斜吹來的大雪中趕往醫院。

她在醫院住了幾天，暴風雪平息時，悟也度過了險境。但是，他沒有醒來。

黎明時分她先返家一趟，處理堆積如山的待辦事項，然後睡了一會兒。躺在醫院的客用簡易床舖上，她一直無法深沉入睡。

傍晚醫院來了聯繫。

外甥病危，請立刻趕來。

趕到醫院時，奈奈不知從何處衝了出來。

「抱歉，你先等一下。」

暴風雪期間，他幾乎沒有吃到食物吧，但她現在沒有心思理會奈奈。

在往常的病房裡，法子能做的只是看著。

連著悟的心電圖螢幕上，波形開始慢慢變緩。

她只能站在接二連三施以急救的醫護人員後頭，偶爾瞥見悟的身影。

護士的腰撞上挪到旁邊的用餐桌，並列擺在上頭的兩個相框一同掉到地上。法子慌忙撿起，以免被人踩到。

一張是法子也一起合影的全家福，一張是與奈奈的合照。先前全家福總是放在起居室，與奈奈的合照始終放在寢室。

這時，外頭傳來了貓咪咆哮般的叫聲。一聲又一聲，一聲又一聲。

是奈奈。

「貓咪。」

法子不加思索地脫口而出。如果是平常的自己，她絕對不會說這種話。

「我可以帶悟的貓進來嗎？」

這是她生平第一次提出如此荒唐的請求。

「拜託你們！讓我帶貓——」

「這種事請不要問我們！」

護士長語帶責備。

「就算問我們，我們也只能回答不行！」

法子一個箭步衝出病房。無視「別在走廊上奔跑」的標語，奔過走廊，顧不得形象地兩階併作一階衝下樓梯。

一路衝出玄關。

「奈奈！奈奈，過來！」

夜色中奈奈有如白色子彈般衝了出來，撲進法子懷裡。法子緊抱住他，衝回病房。

「悟！」

法子鑽進讓開的縫隙，衝到悟床頭邊。

衝進病房時，醫護人員已經停止急救。

「悟，是奈奈喔！」

緊閉的眼瞼痙攣抽動，像要反抗重力般，緩慢地微微抬起。

先是看向奈奈，再看向法子，又看向奈奈。

法子感到腦袋一陣沸騰。她捉起悟的手，連連按向奈奈的頭。

悟的嘴唇依稀動了動。明明沒有發出半點聲音，她卻清楚聽見了謝謝。

心電圖的波形變成了一條筆直的橫線。

奈奈一再用頭蹭向悟已失去力氣的手。

病人宣告死亡。醫生如此宣布，護士長接著說：

「竟然把貓帶進來，真是傷腦筋呢。請盡快帶他出去喔。」

空氣中帶著笑意，現場氣氛忽然變得柔和。醫護人員的表情都很溫柔。回過神時，法子也不覺發出了呵呵笑聲。

緊接著彷彿要撬開鬆開來的眼皮般，熱淚翻湧而上。

上一次放聲號啕大哭，已經是很久很久以前小時候的事了。

姊姊夫妻倆過世的時候，她因為拚命思索悟的去向，並未哭得如此傷心欲絕。

醫護人員撤除悟四周的醫療器材，搬出病房。

「真的要馬上帶貓出去喔。」

如此叮嚀後，護士長最後一個走了出去。

不久喉嚨痛得彷彿有人勒緊，哭聲越變越小，最後變成嗚咽。

驀然回神，表面粗糙的舌頭正舔著她的手。一遍又一遍，小心翼翼地。

「奈奈，我們帶悟回家吧。」

奈奈回答般又舔了她的手。

「我可以相信悟過得很幸福吧。」

奈奈用額頭蹭向法子的手，然後再次小心翼翼地一遍又一遍舔著。

Last-Report

紫色與黃色的花朵一直盛開到盡頭。
是那個季節北海道的顏色。溫暖又堅毅的，北海道初秋的顏色。
我在其中追逐蜜蜂。
奈奈，不行啦。
一道話聲慌忙制止我。接著將我抓起，牢牢扣住我的兩手。
被叮到的話怎麼辦。
悟笑著斥責我。
嗨，好久不見。你看起來精神不錯。
我用臉頰連連蹭向悟的手臂。
託你的福喔。奈奈呢？
我也託你的福。
啟程那天之後，悟必定是在這片原野上前來看我。最後的旅程中看見的，盛開著燦爛花朵的遼闊原野。
不過，這幾年有些承受不了冬天的嚴寒呢。
畢竟你老了嘛。

不准說我老。別因為在比我年輕的時候去世就得意忘形。

柔和的陽光照射下來，風微微吹起，雪絲紛飛飄揚。纖柔的白雪如夢似幻。——冬天不久就要來到。

我的報告也將近尾聲。

悟的喪禮只有法子和母方的親戚參加，低調地安靜舉行。因為才剛搬到札幌沒多久，悟的朋友和認識的人又都不住在札幌。順便說，我留在家裡等。我對人類舉行的儀式沒什麼興趣。

悟在那天踏上新的旅程。我目送了他離開。然後，悟留在了我心裡。不需要在人類特有的儀式上特地確認這件理所當然的事。

悟留下了名單，都是與他親近的好友和照顧過他的人，希望法子可以通知他們，法子也確實遵守諾言。

不久，紛紛有人寫信或致電表示哀悼，數量多到教人吃驚。朋友自是不用說，還有工作上的同事和上司，以及從前的恩師。也有並未直接收到通知的人說是聽到消息，主動捎來聯絡。

法子為了處理這些事忙得不可開交，那陣子幾乎每天都在寫感謝明信片。悟過世之後，法子可以這麼忙碌，我認為是件好事。

我還擔心悟不在了以後，法子會有多麼萎靡不振。悟住院時也說過：「說不定會一下子蒼老了十歲，所以你要陪在阿姨身邊喔。」

結果來說，法子頂多只蒼老了兩、三歲而已吧。不過，法子也不年輕了（大概和杉夫妻倆養的小桃差不多），只是兩、三歲的話也差不了多少。啊，說這種話的話，法子和小桃都會生我的氣吧。

「奈奈，真的很多人都很照顧悟呢。」

法子對此非常開心。是啊，妳的外甥真的受到了許多人的喜愛。

在所有人都對悟的離開感到不捨時，有一些人表示想來上香。那些人我都認識。——也是悟留下了親筆信的人們。

太遠了，那多不好意思。法子萬分惶恐，但大家非常堅持，法子也敲定了迎接那些人的日期。

在日本本島，已是櫻花前線開始北上之際，似乎還要一大段時間才會抵達北海道。事實上，札幌街道上還有積雪戀戀不捨地殘留在背陰處裡。

陰鬱的天氣持續了好一陣子，但那一天剛好是萬里無雲的大晴天。彷彿悟在歡迎他們一樣。

於是，熟悉的人們走進了法子與我居住的公寓。——是幸介、吉峯，還有杉與千佳子。

所有人都穿著黑色衣服，寡言地抿著嘴唇。

「來來，請進。」

法子率先自己一人在起居室的佛龕前合掌。

「悟，大家來看你了喔。」

接著將佛龕前方的空間讓予眾人。首先是幸介，再來是吉峯和杉夫妻倆點香祭拜。

幸介的臉龐皺成一團，雙手合十了長長一段時間。

吉峯粗獷不羈地簡短合掌，最後縮起下巴，朝牌位鞠了一躬。

杉不知所措地咬著嘴唇。千佳子眼眶有些泛淚，悄悄以指尖拭去淚水。大家都發現了，也都裝作沒有發現。

「為了感謝你們前來弔唁，我叫了壽司喔，我現在去煮湯，你們稍等一下。」

法子朗聲說，眾人惶恐地正襟危坐。

「不好意思，還讓您這麼費心。」

幸介說完，其他人也附和地異口同聲說了類似的話，向法子低頭致謝。

「別放在心上。可以招待悟的朋友，我也很高興。」

「我來幫忙吧？」

千佳子正要坐起身。但是，法子也揮了揮手讓她坐下。

「沒關係，我也不習慣讓別人進廚房。」

法子照例又想也不想地回話，千佳子顯得有絲困窘。悟在的話，一定會苦笑說：

「不好意思，她沒有惡意。」法子低頭看著砧板，沒有發現。幸好她沒發現。倘若看到千佳子的表情，她鐵定又會多嘴解釋，結果越描越黑。

「比起幫忙，你們和奈奈一起玩吧。」

哦，把話題帶到我身上，真是機靈。我走到千佳子身旁，往她磨蹭。

「奈奈，好久不見。可以的話，真希望你來我們家呢。」

於是幸介輕叫一聲。

「難不成你們也和奈奈會面過？」

「是啊。」千佳子微笑道。杉對她投以苦笑。

「但因為和我們家養的狗處不來，結果失敗了。」

「我家是和小貓處不來。」

吉峯插話進來。

眾人隨即打成一片，話題圍繞著我聊得非常熱絡。沒想到奈奈這麼難伺候呢。幸介多嘴說了這一句。少囉嗦，你明明跟太太吵架還哭哭啼啼。

幸介現在和他的太太養了一隻新的貓。手機裡有好幾張美麗灰色虎斑貓的照片，得意洋洋地拿出來誇耀。別因為是兒時玩伴，連這種地方也和悟一模一樣吧——才這麼心想，吉峯也拿出了手機。「我家也有。」吉峯，連你也是嗎！

名字毫無創意的茶虎已徹底變成了精悍的年輕貓咪。是拜我的熏陶之賜吧，好像勉強成為可以捉到老鼠的貓了。

「因為和宮脇見過面，我想讓他看看現在的照片。」

吉峯再一次走到佛龕前展示照片。

「討厭，早知道會炫耀寵物，我就帶相簿來了。」

千佳子這麼說道，但夫妻倆也輸人不輸陣，雙雙拿出手機，展示小桃和虎丸的照片。

「我們在經營提供寵物住宿的民宿。不嫌棄的話，歡迎來玩。」

杉說著遞出名片，眾人順勢互相交換聯絡方式。——欸，悟。

悟不在了以後，懷念悟的人們彼此串聯了起來呢。

「不嫌棄的話，也請阿姨務必賞光。」

杉也向端來壽司的法子遞出名片。快，快，一定要遞給她。我還想關照杉夫婦家的箱形電視機呢。

「謝謝你。好久沒登上富士山了，似乎很不錯。」

法子，爬富士山妳就一個人去吧。我留在杉夫婦家等妳。

一行人圍著桌子就座，彷彿等候已久般，聊了許多關於悟的事。

「咦？悟國中的時候沒有參加游泳社嗎？」

幸介驚訝地眨了眨眼。吉峯點頭答是。

「他一直和我一起參加園藝社。他游泳那麼厲害嗎？」

「在游泳訓練班一直是選手喔。大型比賽上也得獎過好幾次，周圍的人也非常看好他……高中的時候也沒有嗎？」

聞言，杉和千佳子也點一點頭。

「他朋友很多，但沒有特別參加哪個社團。」

「咦……明明游那麼快，為什麼不游泳了？」

法子將去除了芥末的鮪魚遞給我，同時不經意地輕聲說：

「一定是因為幸介不在了吧。」

唉，法子，妳真是的。為什麼明明講話那麼笨拙，偶爾卻又能說出正中紅心的話呢。幸介跟在佛龕前祭拜時一樣，臉龐皺成了一團。

「悟寫信的時候，也對我說了很多關於大家的事。像是和幸介一起帶貓離家出走，還有你之前和太太有些摩擦，他很擔心。」

喂，喂，這句話就不用說了。幸介慌忙解釋：「現在很美滿喔。」

「和吉峯一起幫忙奶奶田裡的工作很開心，還說吉峯個性我行我素，連上課期間也跑去溫室，害他嚇得冷汗直流。」

吉峯懷念地看向遠方。

「也說杉和千佳子是一對非常喜歡動物的恩愛夫妻，大學的時候能再遇到你們，他真的很高興。」

杉露出了哪裡感到疼痛般的表情，千佳子又擦了擦泛淚的眼眶。

「……為什麼？」

杉低聲說。

「宮脇為什麼完全不告訴我們他生病了？」

唉，你還是一樣忸忸怩怩地說些不言自明的事。

你連這種事也不曉得嗎？

「──我好像可以明白。」

哦，吉峯，不愧是如果是貓，肯定大受歡迎的男人。

「那傢伙是想帶著笑容與我們道別。」

──沒錯。

只是因為悟喜歡你們而已。

非常非常非常喜歡，所以想帶著你們的笑容離開。

答案非常簡單。

「……信裡面……」

幸介的話聲帶有鼻音，同時也在笑。

「全都寫著開心的回憶，還寫了很蠢的笑話。我忍不住笑了出來，心想這根本不像遺書嘛。」

大家各自都想到了什麼吧，輕聲笑了起來。悟，你究竟寫了什麼內容？再怎麼說，也用不著以自己的辭世博友一笑吧。

「最後還以謝謝作結尾，真像宮脇的作風……」

千佳子硬擠出聲似的低喃。

直到快要趕不上回程班機之前，大家都一起聊著悟的過往。然後法子開著銀色休旅車，送大家前往機場。——我們的銀色休旅車在悟離開以後，變成了法子的休旅車。

雖然不再是讓悟和我欣賞到各種美景的魔法車，仍是默默勤奮工作的好車。

那麼，在法子回來之前，我得先完成一項任務才行。

天黑後法子回來了，站在起居室裡發出了淒厲的悲鳴。

「奈奈，你又這樣！」

我將衛生紙盒裡的衛生紙一張也不剩地全抽了出來。

「明明不用，為什麼要抽出來！」

哈哈。忙著生氣和整理，大家回去以後的落寞一下子就煙消雲散了吧？

「浪費，太浪費了。」法子邊走邊撿著衛生紙，忽然間臉龐放柔，失笑般地發出笑聲。

「欸，奈奈。」

怎麼啦？

「悟真是幸福呢。」

過世時妳不是斷然說過他很幸福嘛。

事到如今還說什麼傻話。悟一定也在苦笑喔。

而後又過了數年。

幸介將相片館改成了寵物攝影館。寄來的信上寫著，都是多虧了悟的建議，所以奈奈光顧的話永遠免費。但是，每年賀年卡的照片裡，灰色虎斑貓總是被迫穿上奇裝異服，表情老大不高興，所以我是敬謝不敏。

吉峯三不五時送來自己栽種的蔬菜，同時附上短短的問候語：「我想北海道也有很多好吃的蔬菜，但還請笑納。」數量多到法子一個人根本吃不完，為了分送他人四處奔走。

法子曾一度帶我前往杉夫婦家經營的民宿過夜。話雖然這麼說，其實是為了將我託付給他們，自己跑去登上富士山。直到法子回來以前，我盡情享用了箱形電視機。

小桃變成了優雅迷人的老奶奶貓，臭屁的虎丸變成了懂事一點的狗兒。他還為當時的事道歉，也為悟的離世感到難過。

對了對了，杉夫妻倆有了孩子。是個早熟的小女孩，迎接法子時說：「婆婆，歡迎您來。」法子的表情有些掃興。

今年合花楸街道樹的果實也培育出了令人驚豔的鮮紅色。雪很快就要積成雪塊。

——我究竟看見了幾次悟告訴我的這種紅色呢。

某天，法子帶了意想不到的客人回來。

「奈奈，怎麼辦？」

她抱在懷中的紙箱發出了警笛般的嗚嗚叫聲。裡頭是一隻三毛小貓。不像小八和我一樣是「令人惋惜」的三毛，是純粹的三毛。因為純粹，所以當然是母貓。

「她被丟在公寓下面。我是心想家裡奈奈也在……」

我嗅了嗅像警笛般不停發出叫聲的三毛貓，溫柔地伸舌舔向她。

歡迎。——妳是下一隻貓呢。

「我剛才帶她去了醫院。奈奈能和她好好相處嗎？」

好了好了，快點餵她喝牛奶吧。這個小傢伙好像餓了。

我鑽進紙箱，偎向三毛小貓以溫暖她。三毛小貓往我的肚子尋找乳頭。很遺憾，不會出現喔。

「哎呀呀，肚子餓了吧。我在醫院買了牛奶，現在就去溫熱喔。」

就這樣，法子開始了每天為了照顧活蹦亂跳的小貓而暈頭轉向的日子。

洪水般的遍地紫色與黃色。

原野上，最後旅程中見到的花兒一路掩沒直至地平線。

每當作這個顏色的夢，悟一定會來看我。

嗨，奈奈，最近過得好嗎？好像有點累了呢。

是啊。杉家的小桃也在幾年前去世了。我可能會比小桃年輕一點。剛好接替的小貓也來了。

阿姨還好嗎？

撿到小貓後，簡直像是返老還童。

法子照著小貓的外表，為她取了三毛這個名字。明明沒有血緣關係，直截了當的豪邁命名方式與悟真是如出一轍。

是喔，阿姨現在竟然會把貓咪撿回家。

悟感慨萬千。

她意外地很有貓奴的資質喔。叫壽司的時候，都把鮪魚遞給我。

鮪魚的話，連我也會有些遲疑呢。悟笑著說。

對阿姨來說，是第一隻自己的貓呢。

是啊。

縱然一起生活，我也不是法子的貓。

我自始至終永遠是悟的貓。所以無法成為法子的貓。

你快要過來這邊了吧？

嗯。不過，最後還有一項工作要做。

悟側過頭，我清清喉嚨，動了動鬍鬚。

必須鍛鍊三毛才行。法子的管教太不像樣了。

只是一味受到寵溺，要是想成為野貓，肯定不出多久就一命嗚呼了。起碼要灌輸給她狩獵的基礎。

被揪起後頸時，她的雙腳會緊緊縮起，所以潛力應該相當高。比吉峯家的茶虎還高很多。

等三毛獨當一面，我就該啟程了吧。——前往還只能在夢中看見的這個所在。

悟，這片原野的盡頭是什麼樣子？有很多動人的美景嗎？

我還能和悟一起旅行嗎？

悟露齒微笑，然後抱起我。讓我能夠從與悟相同的視線高度，眺望遠方的地平線。

是啊——我們真的一起看見了無數的風景。

悟長大的城市。

青苗搖曳的田園。

發出了駭人轟隆聲響的大海。

彷彿要緊壓而來的富士山。

這世上坐起來最舒適的箱形電視機。

高貴的老淑女貓小桃。

臭屁又頑固的虎毛虎丸。

肚子裡吞了無數輛車的巨大白色渡輪。

在寵物室裡對著悟搖尾巴的狗兒們。

對我說了Good luck的毒舌金吉拉。
遼闊到一望無際的北海道地面。
路邊盛開的紫色與黃色堅強野花。
海洋般的芒草原。
吃草的馬兒。
鮮紅的合花楸果實。
悟告訴我的合花楸紅色深淺。
纖長的白樺樹林。
氣氛明朗開闊的墓地。
供在墓前的彩虹色調花束。
鹿有如白色心形符號的屁股。
——從地面往上畫出了兩道彎弧的大大大大大大彩虹。
最重要的，還有心愛人們的笑臉。
——我的報告很快就要結束。
這絕對不是一件悲傷的事。

我們會一邊細數旅途回憶，邁向下一段旅程。
緬懷著先行出發的人們。掛念著追隨而來的人們。
有朝一日，我們會在地平線的彼端與所有心愛的人重逢吧。

fin

國家圖書館出版品預行編目資料

旅貓日記 / 有川浩 著；許金玉 譯.--二版.--臺北市：皇冠. 2023.5
面；公分. --（皇冠叢書；第5092種）
（大賞；147）
譯自：旅猫リポート

ISBN 978-957-33-4022-5(平裝)

861.57　　112005298

皇冠叢書第5092種
大賞147

旅貓日記

旅猫リポート

作　　者—有川浩
譯　　者—許金玉
發 行 人—平　雲
出版發行—皇冠文化出版有限公司
台北市敦化北路120巷50號
電話◎02-27168888
郵撥帳號◎15261516號
皇冠出版社(香港)有限公司
香港銅鑼灣道180號百樂商業中心
19字樓1903室
電話◎2529-1778　傳真◎2527-0904
總 編 輯—許婷婷
責任編輯—黃雅群
美術設計—嚴昱琳
行銷企劃—鄭雅方
著作完成日期—2012年
初版一刷日期—2014年6月
二版一刷日期—2023年5月
法律顧問—王惠光律師
有著作權・翻印必究
如有破損或裝訂錯誤，請寄回本社更換
讀者服務傳真專線◎02-27150507
電腦編號◎506147
ISBN◎978-957-33-4022-5
Printed in Taiwan
本書定價◎新台幣340元/港幣113元